셰익스피어 희극

베니스의 상인

The Merchant of Venice

셰익스피어 희극

베니스의 상인

초판 1쇄 | 2014년 7월 15일 발행
2쇄 | 2018년 9월 10일 발행

지은이 | 셰익스피어
옮긴이 | 김재남
펴낸곳 | 해누리
고　문 | 이동진
펴낸이 | 김진용
편집주간 | 조종순
디자인 | 신나미
마케팅 | 김진용

등록 | 1998년 9월 9일(제16-1732호)
등록 변경 | 2013년 12월 9일(제2002-000398호)

주소 | 121-849 서울시 영등포구 당산로20길 13-1
전화 | (02)335-0414 팩스 | (02)335-0416
E-mail | haenuri0414@naver.com

ISBN 978-89-6226-047-2 (03840)

셰익스피어 희극

베니스의 상인

The Merchant of Venice

김재남 옮김

해누리

THE MERCHANT OF VENICE

차례

일러두기

*방백 _ 연극에서 등장인물이 말을 하지만 무대 위의 다른 인물에게는 들리지 않고 관객만 들을 수 있는 것으로 약속되어 있는 대사

머리말

김재남(金在枏) 교수님은 셰익스피어 연구에 평생을 바치셨으며 이 분야에서는 우리나라에서 최고의 대가들 가운데 한 분이시다. 또한 이미 1964년에 '셰익스피어 전집' 을 번역, 출간하셨는데, 이것은 한 개인이 셰익스피어의 작품 전체를 번역한 것으로서는 우리나라에서 최초인 것이었으며, 동시에 셰익스피어 전집의 번역 자체도 전 세계에서 일곱 번째에 해당하는 일이었다. 그 후 김교수님은 30년에 걸친 1995년에 이르기까지 셰익스피어 전집을 두 번 수정, 보완하셨다.

김교수님의 이러한 탁월한 업적에 대해 우리나라의 영문학계를 대표하시는 분들이 다음과 같이 평한 바가 있어서 여기 소개한다.

"셰익스피어를 번역하는 사람은 먼저 그의 작품들을 계통적으로 연구한 전문학자라야 할 것이다. 또한 난해하거나 영묘한 셰익스피어의 표현을 우리말로 옮기는 데는 문학적 재능이 필요하다. 김재남 교수는 위에서 말한 두 가지 조건을 구비한다. 학계와 연극계의 일치된 요망에 부응하는 최초의 ≪셰익스피어 전집≫이 김재남 교수의 손으로 되어 나온다는 것은 지극히 타당한 일이

라 생각한다."_ 문학박사 최재서, 1964년 초판 서문에서

"셰익스피어 번역에는 참으로 어려운 문제들이 많다. 김교수는 이 방면에 훌륭한 준비를 갖추었고 그의 노력과 열의는 높이 평가되어야 할 분이라, 이 전집 번역을 혼자 힘으로 이룩한 데 대해 경의와 찬사를 아낄 수 없다. 극문학에 큰 공헌이 될 것을 의심하지 않는 바이다."_ 문학박사 권중휘, 1964년 초판 서문에서

"이 힘들고, 범인으로서는 불가능한 일을 할 수 있는 비범한 사람이 있는가? 과연 우리에게는 용기와 끈기와 추진력에다 능력과 자격을 겸비한 적격자가 있는가? 김재남 교수님이야말로 이 모든 것을 갖춘 비범한 적격자의 한 분이라고 나는 감히 말할 수 있다. 1964년에 셰익스피어 탄생 400주년에 맞추어 선생님은 셰익스피어 전집 번역본을 단독으로 내셨다. 이것은 우리나라의 보통 큰 문화적 사건이 아니었다. 세계적으로도 손가락으로 셀 수 있을 정도의 소수이며, 더구나 단독 완역은 한둘이나 될까 매우 드문 일이기 때문이다."_ 문학박사 이경식, 1995년 3정판 서문에서

"김재남 교수는 우리 영문학계에서 '한 우물만을 판' 사람으로 유명하다. 그에게 있어서 셰익스피어는 학문의 전부였고 아마도 인생의 전부이기도 했을 것이다. 그의 평소의 신념이 작품이란, 더욱이 셰익스피어 같은 대고전은 읽고 또 읽어야 그 진가를 알 수 있다는 것이었다. 그의 문학을 대하는 태도는 이렇듯 정통적이고 비타협적이었다. 그렇기 때문에 그의 번역도 몇 번이고 새로워질 수밖에 없었을 것이다."_ 문학박사 여석기, 1995년 3정판 서문에서

이번에 김재남 교수님의 번역본을 다시 출간하게 된 것은 김재남 교수님과

조성식(趙成植, 前 고려대학교 명예교수, 학술원 회원) 교수님 사이에 맺어진 절친한 우정 때문이다. 나는 나의 장인어른이신 조교수님으로부터 두 분의 우정에 관한 이야기를 평소에 많이 들어왔고 또한 김재남 교수님의 번역본을 해누리에서 다시 출간했으면 좋겠다는 말씀을 자주 들었다. 그래서 몇 해 전에 김재남 교수님의 사모님에게 감히 전화를 걸어 구두로 허락을 받았고 이제 드디어 출간하게 된 것이다. 다만 김재남 교수님의 번역본이 현재의 독자들에게 좀 더 읽기 쉽고 이해하기 쉬운 것이 되도록 위해 난해한 한자어를 풀이하는 등 약간의 수정을 거쳤으며 재미있는 관련 삽화들을 가능한 한 많이 수록했다.

이 출간을 통하여 김재남 교수님의 탁월한 업적이 앞으로도 계속해서 더욱 빛나게 되기를 진심으로 바랄 따름이다.

2011년 12월

李 東 震

(해누리 출판사 대표, 시인, 작가, 前 외교통상부 대사, 월간 착한이웃 발행인)

작품 해설 | 베니스의 상인

The Merchant of Venice

셰익스피어가 두 번째로 시도한 낭만 희극이 ≪베니스의 상인≫이다. 집필 연대는 1596~1597년이며, 최초의 인쇄판은 1600년의 양 사절판이다. 이 극은 무대에서 오늘날까지도 셰익스피어 극 중에서 가장 인기 있는 극이다.

이 극의 줄거리는 상자 제비뽑기에 의해 남편감을 정하는 이야기인 '일 페코로네(얼빠진 사람)' 와 금전 대여 관계에 인육(人肉)이 저당물로 잡히는 이야기 '게스타 로마노룸(로마인의 행적)' 이다. 이 두 이야기는 14세기경 이탈리아인에 의해 널리 읽혀져 왔다.

≪베니스의 상인≫은 낭만 희극의 공식을 토대로 낭만적인 줄거리와 현실적인 줄거리로 되어 있다. 포셔는 남편을 선택하는 데 있어서 선친의 유언에 따라 여러 상자 중에서 이미 정해 놓은 상자를 맞추는 남자를 남편으로 정해야 한다. 그녀는 벨몬트라에서 살고 있는데 많은 남자들이 그녀에게 구혼을 하기 위해 이곳을 찾는다. 이들 중에는 왕후 귀족들의 행렬이 줄을 잇는다. 그런데 당시의 융성한 상업 도시 베니스의 한 상인인 바사니오는 그 구혼자의 대열에 끼고 싶었으나 여비가 없어 그의 친구인 무역상 앤토니오에게 여비 조달을 부

탁한다. 그러나 앤토니오는 현금이 없어서 유대인 고리대금업자 샤일록에게 그 돈을 융통한다. 그리고 그 채무의 이자 대신 계약 시일을 위반할 경우에는 샤일록이 앤토니오의 몸에서 살(肉) 1파운드를 떼어내기로 한다.

이러한 줄거리 자체가 낭만적인 것 치고는 이미 심각한 문제를 안고 있다. 그렇지만 다른 모든 로맨틱 코미디의 경우가 다 그러하듯 꿈의 세계와 현실의 세계를 완전히 융합시켜 정묘한 균형감을 지니고 있는 반면, 이 극은 자칫하면 균형이 깨질 뻔했을 뿐만 아니라 거의 도중에서 좌절된 낭만 희극이다. 이 극에서 현실적인 세계를 담당하고 있는 샤일록의 배후에는 당시의 여러 가지 시사(時事) 문제가 안겨져 있다. 당시 유대인 문제, 고리대금 문제 등이 그것이다. 이 두 가지 문제는 당시 영국 사람들에게는 적지 않은 반발을 주고 있던 문제였다. 그리고 1594년 일리저베드 여왕의 전의(典醫)로 유대인계 로페츠라는 사람이 여왕 암살 사건에 관련되어 사형에 처해진 일이 있다. 이 사건의 재판은 셰익스피어 후원자의 한 사람인 에섹스 백작이 주관했던 것이다.

이 극은 이와 같은 시사 문제들을 안고 있는 상황에서, 바사니오가 포셔에게 구애하는 장면의 주제를 복잡하게 하기 위해서는 전형적인 악역이 필요했다. 이 악역은 영국 중세극이나 로마 희극에서의 광대역과 같은 무동기의 추상적, 배경적, 격식적 인물이어야 한다. 그러나 이 희극의 악역은 샤일록이라는 적극적인 역할을 하는 인물이다. 로페츠 사건 후 군중 심리에 부화뇌동한 당시의 관객에게 샤일록은 단순한 악역으로만 비쳤을 것이다.

그렇다면 이 샤일록이라는 악역을 셰익스피어는 과연 어떻게 처리하고 있는가? 줄거리에 있어서 샤일록은 사건을 복잡하게 만드는 악역에 지나지 않는다. 그리고 포셔의 재판정에서의 저 유명한 대사에서 표현되는 자비론과, 계약을 고집하여 앤토니오를 죽음에 이르게 하려는 샤일록의 집념과 대조되고 있을 뿐만 아니라 샤일록의 원한과 복수심은 당연한 것으로 보인다. 또한 작자는 줄거리에서 단순한 악역이 필요했던 것인데, 이 악역 샤일록은 낭만 희극에서는 당치도 않게, 엉뚱하게 생기를 가진 인물로 성장해 있다. 어쩌면 당시의 관객들이 샤일록의 상(像)을 어떻게 보던지 간에 셰익스피어는 이 악역으로 하여금 그 본래 행동반경을 넘게 하여 그를 한 인간으로서 더구나 심한 모욕을 받아 온 수난 민족으로서 그려내고자 했다. 제2차 세계대전 때 유대 민족이 받은 수난을 돌이켜보더라도 셰익스피어가 그린 샤일록은 절대로 군중 심리에 영합한 것은 아니었다.

셰익스피어의 글은 언제나 이중 영상이다. 앞서 언급한 당시의 고리대금 문제의 경우도 매일반이다. 옛날부터 고리대금은 물론 악덕이었다. 그러나 옮겨 심기 글쓰기 기술의 솜씨가 뛰어났던 셰익스피어는 정당한 대금업을 과연 어떻게 보았던 것일까? 포셔가 재판 장면에서 전개하는 자비론은 정의를 말하지만, 그 이면에는 그리스도교도들의 위선을 풍자하고 있는 것은 아닐까? 악역 샤일록은 ≪오델로≫에서 이야기가 발전하지만, 오늘 날까지 무대 위에서나 비평 · 해석에서나 샤일록은 희극적 인물, 기괴한 인물, 비극적 인물, 민족 수난자 등등 갖가지 해석으로 전해졌다. 셰익스피어의 원작 자체가 그런 갖가지 해석으로 전하는 요소를 갖고 있다. 문학의 해석 · 비평은 원래 자연 과학에서와는 달라서 결정적인 해답이 나올 수 없으며, 관점 여하에 따라 여러 가지 결론이 있을 수 있다.

The Merchant of Venice

베니스의 상인

(1596~1597)

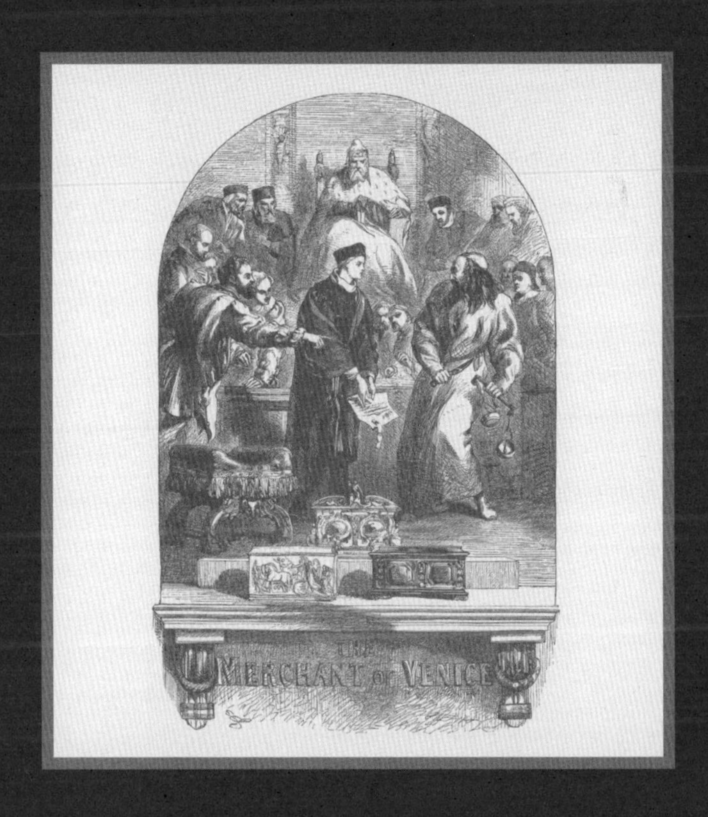

베니스의 상인

The Merchant of Venice

잠깐 기다려요! 더 할 말이 있거든요. 이 증서에는 단 한 방울의 피도 당신에게 준다고 되어 있지 않아요. 여기 쓰인 말은 분명히 '살 일 파운드' 거든요. 자, 증서대로 살 일 파운드를 떼어 가지세요. 그러나 베어낼 때 만약 그리스도교도의 피를 한 방울이라도 흘리는 날이면, 당신의 토지와 재산은 베니스의 국법에 따라 이 베니스 공화국에 몰수당할 거요.

_ 포셔가 샤일록에게 한 말(4막 1장)

▌장소▐

베니스, 그리고 벨몬트 Belmont 의 포셔의 집

▌등장 인물▐

베니스의 공작 The Duke of Venice	
모로코 왕 The Prince of Morocco	포셔의 구혼자
애라곤 왕 The Prince of Arragon	포셔의 구혼자
앤토니오 Antonio	베니스의 상인
바사니오 Bassanio	앤토니오의 친구, 포셔의 구혼자
그래시아노 Gratiano	앤토니오와 바사니오의 친구
솔라니오 Solanio	앤토니오와 바사니오의 친구
살레리오 Salerio	앤토니오와 바사니오의 친구
로렌소 Lorenzo	제시커의 애인
샤일록 Shylock	유대인 부자
튜벌 Tubal	유대인, 샤일록의 친구
란슬로트 고보 Launcelot Gobbo	어릿광대, 샤일록의 하인
고보 노인 Old Gobbo	란슬로트 고보의 아버지
리오나도 Leonardo	바사니오의 하인
밸다자 Balthazar	포셔의 하인
스테파노 Stephano	포셔의 하인
포셔 Portia	벨몬트의 처녀, 부유한 집안의 여자 상속인
네리사 Nerissa	포셔의 시녀
제시커 Jessica	샤일록의 딸

그밖에 베니스의 고관들, 재판소의 직원들, 간수, 하인들, 시종들

15세기의 베니스

베니스의 부두.

앤토니오, 살레리오, 솔라니오가 이야기를 하면서 등장한다.

앤토니오 아! 내 마음은 왜 이렇게 우울하지? 답답해 죽겠어. 너희도 답답하다며? 그런데 도대체 이 답답증은 내가 어떻게, 어디서 걸렸는지, 또 어떻게 만나게 되었는지, 그리고 이 병은 무엇으로 되고 어디서 튀어나온 것인지 도무지 알 수가 있어야지. 어찌나 우울하고 답답한지 난 나 자신을 가누지 못할 지경이야.

살레리오 네 마음은 바다에서 뒹굴고 있거든. 글쎄, 네 상선들은 돛에 바람을 받은 채, 바다의 대감이나 부호처럼, 아니, 바다의 꽃수레처럼, 굽실대고 황공해하는 작은 배들은 거들떠보지도 않으면서 날개 같은 돛을 달고 쏜살같이 날아가고 있으니까 말이야.

솔라니오 어쨌든 나 같은 사람이 그런 모험을 한다면, 마음의 대부분은 바다 위에 떠 있을 거야. 풀잎을 따서 바람결을 알아보고, 항구나 정박소를 찾느라 지도와 씨름하고는 할 거야. 그리고 선박에 조금이라고 걱정이 될 만한 일이 생겨도 마음이 우울해지고말고.

살레리오 나 같은 놈은 후후 불어서 국을 식히는 입김에도 학질에 걸리고 말 거야. 바다에 큰 바람이 일지나 않을까 걱정하던 끝에 말이야. 그리고 모래 시계에서 모래가 흘러내리는 것만 봐도 여울이나 갯바닥을 연상하고, 상품을 가득 실은 나의 앤드루 Andrew 호가 모래에 박혀 돛대 꼭대기가 그 늑재(肋材)보다 더 낮게 쓰러져서 무덤에 키스하는 장면을 상상할 거야. 또한 성당에 가서 그 성스러운 석조 회랑을 보기만 해도 당장 험악한 암석이 눈앞에 나타나 보이겠는데, 그 암석이 배의 옆구리에 닿기만 하면 향료는 온통 바다에 흩어질 테고, 거친 파도는 비단으로 장식될 게 아닌가? 글쎄, 지금까지만 해도 거액이었던 재산이 순식간에 없어지고 마는 그런 광경이 상상될 게 아닌가? 이만한 생각 정도는 할 수 있는 나니까, 그런 경우에 실망할 거라는 것쯤은 모를 내가 아니잖아? 그러니 네가 얘기하지 않아도 난 알겠어. 앤토니오, 네가 교역상품을 걱정해서 우울하다는 것쯤은 나도 알고 있으니까.

앤토니오 사실은 그게 아니야. 다행히도 내 투자는 배 한 척이나 한 장소에만 맡겨져 있는 것도 아니고, 전 재산이 금년 한 해의 운수에만 달려 있는 것도 아니야. 그러니까 나는 사업 때문에 우울한 게 아니라고.

솔라니오 아, 그러면 넌 연애를 하고 있는 거야.

앤토니오 원, 천만에!

솔라니오 연애도 아니라고? 옳지, 그러면 즐겁지 않다고 하니까 답답한 거라고나 해둘까? 말하자면, 슬프지 않으니까 웃고 뛰며 즐겁다고 말할 수 있는 거나 같잖아. 그건 그렇고, 두 얼굴을 가진 야누스 Janus 신에 걸고 맹세하지만, 정말 조물주는 묘한 인간들을 만들

솔라니오 : 아, 그러면 넌 연애를 하고 있는 거야.

야누스

어 놓았어. 글쎄, 밤낮 가느다란 눈을 하고 있다가도 우습지도 않은 자루피리 소리만 들어도 앵무새처럼 깔깔대는 자들이 있는가 하면, 어떤 자들은 항상 이맛살을 찌푸리고 있는데 저 현명한 네스터 Nestor가 우습다고 보증하는 농담에도 이를 드러내고 웃는 시늉도 하지 않거든.

바사니오, 로렌소, 그래시아노가 등장한다.

솔라니오 너의 가장 소중한 친척인 바사니오가 오는군. 그래시아노와 로렌소도 같이 말이야. 마침 네 좋은 친구들이 왔어. 그럼 우린 이만 실례하지.

살레리오 나도 좀 더 같이 머물러 있으면서 네 마음을 위로해 주고 싶지만, 마침 더 훌륭한 친구들이 왔으니까 이만 실례하겠어.

앤토니오 너희도 나에게는 대단히 훌륭한 친구들이야. 그런데 아마 볼일이 있어서 가보겠다는 것일 테지.

살레리오 아, 모두 잘 왔어.

바사니오 *(다가오면서)* 야, 두 친구들, 우린 언제 같이 만나서 웃어 보게 될까? 자, 언제쯤이야? 너희는 몹시 서먹서먹한데, 정말 이러기야?

살레리오 우린 이 다음에 틈을 타서 만나기로 하겠어. *(살레리오와 솔라니오가 절을 하고 퇴장한다.)*

로렌소 바사니오, 네가 이제 앤토니오를 만났으니 우리 둘은 이만 가보겠어. 하지만 점심때에는 우리가 약속한 장소를 제발 잊지 마라.

바사니오 염려하지 마.

그래시아노 앤토니오, 넌 안색이 좋지 않아. 세상일을 너무 염려하는 게 아닌가? 지나치게 마음고생을 해서 손에 넣는 그런 짓은 오히려 손해라고. 하지만, 원, 어디 이렇게 변할 수가 있나?

앤토니오 이봐, 그래시아노, 나는 세상을 그저 세상으로 밖에는 보지 않아. 말하자면, 사람들이 각자 그 위에서 연극을 하는 하나의 무대라고나 할까? 그런데 내가 맡은 역할은 슬픈 역할이란 말이야.

그래시아노 그렇다면 난 광대역이나 맡아서 즐겁게 웃고 주름살이나 잔뜩 생기게 하겠어. 그리고 상심하여 심장을 싸늘하게 식혀주기보다는 차라리 술이라도 마셔서 간을 뜨겁게 하겠어. 따뜻한 피가 흐르고 있는 인간이 석고상 노인처럼 가만히 앉아서 눈을 뜬 채 졸고 있는가 하면 우울증으로 황달병에 걸릴 필요는 없으니까. 그런데 앤토니오, 난 너를 존중해. 존중하니까 이런 말도 하지만, 세상에는 묘한 사람들도 다 있어. 물이 고인 연못처럼 얼굴에 막을 쓴 채 지혜롭다느니 신중하다느니 사려 깊다느니 하는 세상의 평판을 받고 싶어서 일부러 침묵을 지키고, "나는 예언자야. 내가 입을 열 때는 개도 짖지 못하게 하라!" 고 말할 족속들 말이야. 아, 앤토니오, 난 그런 작자들을 알고 있지만, 그들은 말을 전혀 하지 않아서

바보 광대

현명한 사람으로 대우받고 있어. 그러나 그들이 입을 열었다 하면 바보 같은 소리만 늘어놓는 바람에 곁에서 듣고 있는 사람은 형제자매를 무시한 벌로 지옥에 떨어지는 한이 있더라도 그런 자들을 바보 천치라고 불러 줄 수밖에 없지. 아니, 이런 얘긴 나중에 더 자세히 하겠어. 그러나 이 우울증을 미끼삼아 세상의 호평이라는 멍청한 잉어 새끼를 낚지는 마라. 이봐, 로렌소, 우린 이만 실례하자고. 그리고 내 설교는 점심 후에나 마무리 짓기로 하지.

로렌소 자, 그럼 점심 후에 다시 만나기로 하지. 나는 바로 그런 벙어리 군자나 될 수밖에 없어. 그래시아노가 나에게 말할 기회를 전혀 주지 않거든.

그래시아노 옳지, 나하고 이 년만 더 사귀어 보라고, 넌 자기 혀에서 나오는 소리조차 잊어버리고 말 테니까.

앤토니오 모두 잘 가. 이젠 나도 좀 수다스러워져 봐야겠어.

그래시아노 아, 고마워. 침묵이 칭찬받는 건 암소의 마른 혀나 안 팔리는 노처녀의 경우밖에는 없으니까. *(그래시아노와 로렌소가 같이 팔짱을 끼고 웃으면서 퇴장한다.)*

앤토니오 저런 걸 다 말이라고 지껄이나?

바사니오 그래시아노는 지독하게도 수다를 떠는군. 이 점에서는 저 녀석이 베니스 천지에서 제일 갈 거야. 저 녀석의 얘기 가운데 도리에 맞는 말은 왕겨 네 말 속에 섞여 있는 밀 두 알과 같아서 하루 종일 수고해야만 찾아볼 수 있을까? 하긴 그렇게 찾아내 봤자 사실은 그렇게 수고할 가치도 없는 것이지만 말이야.

앤토니오 그건 그렇고, 자, 얘기해 봐. 네가 은밀히 찾아가 보겠다던 그 처녀 말이야. 오늘은 얘기하겠다고 나한테 약속했잖아.

바사니오 이봐, 너도 모르는 건 아니지만, 난 빈약한 내 재력으로는 도저히 감당할 수 없을 정도로 호화생활을 해서 내 재산은 거의 탕진되고 말았어. 지금 그런 호화스런 생활과 작별하고 싶지 않아서 그런 게 아니라, 나의 주요 관심은 어떻게 해서든지 거액의 빚을 청산하자는 거야. 좀 지나친 낭비생활 때문에 짊어진 빚 말이야. 이봐, 앤토니오, 금전상으로나 우정으로나 난 네 신세를 많이 지고 있어. 그런데 지금 네 우정을 믿고 내 계획과 의도를 모조리 털어 놓겠어. 내가 진 빚을 청산할 방법 말이야.

앤토니오 이봐, 바사니오, 제발 얘기해 봐. 체면에 관한 일만 아니라면, 네가 그럴 리는 없으리라 생각하지만, 어쨌든 내 지갑이고 내 일신이고 내 힘으로 할 수 있는 건 모두 네 편의를 위해서 제공하겠어.

바사니오 학교 시절의 얘기지만, 화살을 하나 잃으면 난 그 화살을 찾기 위해 다른 화살을 같은 높이와 같은 방향으로 좀 더 신중히 겨냥하고 쏜 적이 있지. 이렇게 둘을 다 모험한 끝에 둘을 다 찾은 일도 한두 번이 아니었어. 이렇게 아이 때의 경험을 얘기하는 이유는,

이제 내가 얘기하려는 것도 순전히 유치한 내용이지만, 내가 너한테 진 빚도 많은데 고약한 말 같지만 그 빚은 떼인 셈 치는 게 좋기 때문이야. 그러나 네가 하나만 더 첫 번째와 같은 방향으로 화살을 쏘아준다면, 과녁은 내가 잘 눈여겨 둘 테니까, 틀림없이 둘 다 찾게 되든가, 적어도 나중의 것만은 찾아와서 다행히도 처음 것에 대한 채무밖에는 남지 않게 될 게 아닌가 이 말이야.

앤토니오 너는 날 잘 알잖아. 그러면서 내 우정을 먼발치로 떠보는 건 시간 낭비야. 첫째 내가 너를 위해 최선을 다해 줄는지 의심하는 건 네가 내 재산을 모두 탕진해 버리는 것보다 나에게는 더 심한 모욕이야. 그러니 내 힘으로 이루어질 수 있다고 생각되는 일이라면 솔직히 말해 봐. 난 기꺼이 하겠어. 자, 말해 보라고.

바사니오 다른 게 아니라 벨몬트 Belmont에 굉장한 유산을 물려받은 여자가 있는데, 용모도 용모지만 그보다도 그 인품이 비범하고 고결한 여자야. 난 그녀의 눈에서 무언의 정다운 언질을 받고는 했지. 포셔라는 이름인데, 케이토 Cato의 딸이자 브루터스 Brutus의 아내였던 로마의 저 유명한 포셔에 비해 조금도 손색이 없을 뿐만 아니라, 얌전하다는 소문이 하도 세상에 널리 퍼져서 동서남북 할 것 없이 각지의 해안으로부터 명성 있는 구혼자들이 몰려들고 있어. 그녀의 빛나는 머리채는 황금의 양털처럼 이마에 늘어져 있는데, 이 때문에 그녀가 살고 있는 벨몬트에는 옛날이야기에 황금의 양털을 얻으려고 수많은 용사들이 찾아갔다는 콜코스 Colchos 해안과 마찬가지로 수많은 구혼자들이 저 제이슨 Jason처럼 그녀를 찾아오고 있어. 그런데 이봐, 앤토니오, 그들과 경쟁할 만한 재력만 있다면, 내 예감이지만 난 반드시 성공하여 행운을 누릴 수 있을 것만 같아.

베니스 풍경

앤토니오 그러나 너도 알다시피 나의 전 재산은 바다 위에 있어. 내 손에는 현금도 상품도 가진 게 없으니까, 자, 돈을 구하러 가보자고. 베니스 시내에서 내 신용을 담보로 빌려 보자 이거야. 무리를 해서라도 최선을 다 해보자. 벨몬트의 아름다운 포셔를 찾아갈 여비쯤은 어떻게 되겠지. 자, 어서 가서 돈을 얻을 만한 곳을 알아보라고. 나도 알아보겠어. 내 신용으로나 친분으로나 돈을 마련할 수는 있을 거야. *(모두 퇴장한다.)*

1 막 2장

벨몬트, 포셔의 집 홀.

무대 뒤쪽에 회랑이 있고, 그 아래쪽에는 우묵한 작은 방으로 통하는 입구가 있으며, 이 작은 방은 커튼으로 가려져 있다. 포셔와 시녀 네리사가 등장한다.

포셔　네리사, 나의 이 작은 몸은 크나큰 이 세상에 진절머리가 나.

네리사　참, 아가씨도, 아가씨의 행복만큼 불행도 그렇게 많다면 그럴는지도 모르지요. 하지만 사람은 행복에 너무 겨우면 가난에 쪼들릴 때와 마찬가지로 괴롭다지요. 그러니까 중간쯤의 처지도 흔한 행복은 아니라고요. 팔자가 너무 좋으면 머리가 빨리 세지만, 적당히 지내면 장수한다고 하거든요.

포셔　그건 옳은 이치야. 게다가 넌 말도 잘하는구나.

네리사　잘 지켜진다면 더욱 좋을 거예요.

포셔　누가 아니래? 선행을 하기가 선행을 아는 것처럼 쉽다면야 작은 부속 성당도 대성당과 같을 테고, 가난한 사람의 오두막집도 군주의 궁궐이나 다름없을 테지. 중이 뒤에서 호박씨를 깐다잖니. 훌륭한 성직자란 자기가 가르치는 것을 몸소 실천하는 사람이거든. 나로서도 이십 명에게 선행을 하라고 가르치기는 쉽겠지만, 그런 교훈을 실천하라면 손을 들고 말 거야. 머릿속에서는 아무리 감정을 억제하는 법칙을 세워 봐도 혈기는 그런 차디찬 명령쯤 뛰어넘어 버리잖니. 청춘은 미친 토끼와 같다고나 할까, 절름발이 같은 이성의 그물쯤 뛰어넘고 말지. 하지만 이런 이치를 따져 봤자 내 남편이 골라지는 것도 아니야. 아, 원망스러운 이 '고른다' 는 말! 마음에 드는 사람을 택하지도 못하고, 싫은 사람을 퇴짜 놓지도 못하는 내 신세를 좀 봐. 살아 있는 딸의 의견이 죽은 아버지의 유언에 이렇게까지 제한을 받아야 하다니 말이야. 얘, 네리사, 내가 선택도 거절도 자유롭게 하지 못하다니 너무 가혹하지 않아?

네리사 아가씨의 아버님은 참으로 훌륭한 분이셨어요. 성인은 죽을 때 영특한 생각이 떠오른다지요. 그러니까 아가씨의 아버님께서는 금과 은과 납으로 된 세 개의 궤짝 속에 제비를 넣어 놓으시고 그 어른의 뜻에 맞는 것을 뽑는 사람이라야 아가씨를 뽑는 것으로 마련해놓으셨는데, 진정으로 아가씨를 사랑하는 분이라야만 그 제비를 뽑을 수 있을 거예요. 그건 그렇고, 지금까지 찾아온 군주나 귀족의 청혼자들 가운데 혹시 마음에 드는 분이라도 있나요?

포셔 그러면 수고스럽겠지만 네가 한 분씩 이름을 대봐. 네가 이름을 대면 내가 그의 인품을 말할 테니, 그 말로 내 마음속을 짐작해도 좋아.

네리사 첫째 나폴리 Napoli 왕이 있지요.

포셔 아, 그분은 망아지나 다름없어. 그래서 그런지 밤낮 자기 말에 관한 얘기만 해. 그리고 자기가 손수 말에다 편자를 박을 수 있다는 걸 굉장히 자랑으로 삼아. 그분의 어머니와 대장장이 사이에 불륜이 있었는지도 모르지.

네리사 다음에는 팰러타인 Palatine 백작이지요.

포셔 그이는 얼굴을 찌푸리는 것밖에 모르고, 마치 "내가 싫다면 네 마음대로 해!" 라고 말하는 것 같지 않아? 그리고 재미있는 얘기를 들어도 웃지를 않는데, 아마 그런 분이 늙으면 울보 철학자가 되

포셔 : 그분도 하느님께서 만드셨으니까 사람대접은 해줘야겠지.

지 않을까? 글쎄, 젊은이가 어디 그렇게 청승살이 꽉 차 있어서야 되겠어? 그런 사람과 결혼하느니 난 차라리 뼈다귀를 물고 있는 해골과 결혼하겠어. 이 두 사람은 정말 꼴도 보기 싫어!

네리사 그럼 프랑스 귀족 르 봉 씨 Monsieur Le Bon는 어떠세요?

포셔 그분도 하느님께서 만드셨으니까 사람대접은 해줘야겠지. 남의 흉을 보는 게 죄가 된다는 것쯤은 나도 알고 있지만, 그이는 참으로 기가 막힐 정도야. 글쎄, 말에 관해서는 나폴리 왕을 뺨칠 정도며, 얼굴을 찌푸리는 버릇으로 말하자면 팰러타인 백작보다 한 술 더 뜨지. 개성이 없는 소인배라고나 할까? 지빠귀가 울면 즉시 깡충대지. 자기 그림자하고도 칼싸움을 할 거야. 그런 수선쟁이와 결혼하다간 수십 명의 남편을 얻은 거나 마찬가지가 되지 않겠어? 그분이 날 미워한다 해도 난 용서해 주겠어. 미칠 듯이 날 사랑한다 해도 난 조금도 마음이 없으니까 말이야.

네리사 그럼 영국의 젊은 포큰브리지 Falconbridge 남작은 어떠세요?

포셔 그분하고는 어디 말이 통해야지? 그는 내 말을 못 알아듣고, 난 그의 말을 못 알아들으니 말이야. 그이하고는 라틴어도 프랑스어도 이탈리아어도 통하지 않고, 난 또 영어라고는 네가 증인을 서도 좋지만 한 마디도 모르잖아. 그림 같은 미남이긴 하지만, 아이고, 벙어리 연극쟁이하고야 어디 말이 통해야지? 그분의 옷차림은 참으로 가관이라고! 아무래도 조끼는 이탈리아에서, 나팔바지는 프랑스에서, 모자는 독일에서, 그리고 예의범절은 세계 도처에서 각각 따로따로 사들인 모양이야.

네리사 그 이웃 나라에서 오신 스코틀랜드의 귀족은 어떻게 생각하세요?

포셔 그분은 이웃끼리의 인심이 대단해. 글쎄, 저 영국인한테 외상 따귀를 한 대 얻어맞자 형편이 피면 기어이 갚겠다는 거야. 그런데 이 일은 저 프랑스 사람이 그분의 보증을 서고 도장을 찍은 모양이야.

네리사 그럼 색소니 Saxony 공작의 조카인 저 젊은 독일인은 어때요?

포셔 그분은 아침에 정신이 멀쩡할 때도 고약하지만, 저녁 때 술이 취하면 이만저만 고약하지가 않아. 가장 좋을 때도 인간 이하고, 가장 나쁠 때에는 짐승이나 별로 차이 없어. 그러니 난 최악의 경우가 닥친다 해도 그 사람의 신세는 지지 않도록 할 테야.

네리사 하지만 만일 그분이 궤짝을 고르겠다고 대들어서 올바른 궤짝을 골라내는 경우에 아가씨가 거절하신다면 그건 아버님의 유언을 거역하는 게 되지 않을까요?

포셔 그러니 그런 일이 없도록 제발 틀린 궤짝 위에 라인 Rhine 산 포도주를 가득 따른 술잔을 놓아두라고. 그렇게 해놓으면 그 궤짝 속에 악마가 들어 있다 해도, 곁에 술이라는 유혹이 있으니까 그분은 그 궤짝을 고르고 말겠지. 얘, 네리사, 난 무슨 짓을 해서라도 그따위 술꾼하고는 결혼하지 않겠어.

네리사 염려 마세요, 아가씨. 지금까지 열거한 그분들 가운데 아무하고도 결혼하지 않게 될 테니까요. 그분들이 결심을 제게 얘기했는데, 모두 고국으로 돌아가고 청혼 문제로 아가씨를 다시 괴롭히진 않겠다고 했거든요. 그야 궤짝을 고르라는 아버님의 유언 이외에 다른 방법으로 결혼할 수 있다면 얘기가 다르지만 말이에요.

포셔 난 시빌러 Sibylla만큼 오래오래 산다 해도, 아버지의 유언대로 결혼을 못한다면 다이아나 Diana 여신처럼 독신으로 살다가 죽을 테야. 어쨌든 구혼자들이 그렇게 체면을 차려 주니 고마워. 그 중에 떠나가 주지 않기를 내가 바라는 사람은 한 명도 없으니까 말이야. 제발 하느님 덕분에 편히 가시기만 바랄 뿐이야.

네리사 아가씨, 혹시 기억하세요? 아버님이 살아계실 때에 몬트페러트 Montferrat 후작과 같이 오신 베니스 분으로, 문무를 겸하신 분 말이에요.

포셔 아, 그래, 바사니오 말인가? 아마 그런 이름이었지?

네리사 네, 그래요. 미련한 제 눈으로 본 여러 사람들 중에는 그분이야말로 아름다운 아내를 맞을 만한 분 같아요.

포셔 나도 잘 기억하고 있어. 그리고 그분은 네 칭찬대로 훌륭한 분이신 것 같아.

하인이 등장한다.

포셔 어쩐 일이야? 무슨 소식이 있지?

하인 손님 네 분이 아가씨를 뵙고 떠나시겠다는군요. 그리고 새 손님인 모로코 왕의 사신이 왔는데 왕은 오늘 밤 이곳에 도착할 거라고 해요.

포셔 손님 네 분을 보내는 기쁜 마음으로 다섯 번째 분을 맞을 수 있다면야 오죽이나 반갑겠어? 하지만 만약 그분의 마음이 성자와 같다 해도 얼굴색이 귀신 딱지 같을 바에는 차라리 내 죄를 고백 받을 신부님이나 되고 나를 아내로 삼을 생각은 마시라고 해라. 그럼 네리사, 넌 먼저 들어가라. 청혼자 한 분을 보내고 나니 또 다른 분이 찾아오는군. *(모두 퇴장한다.)*

1막 3장

베니스의 거리, 샤일록의 집 앞.

바사니오와 샤일록이 등장한다.

샤일록 삼천 더커트 ducat 라. 음.

바사니오 그래요. 그걸 석 달만 좀.

샤일록 석 달이라. 음.

바사니오 아까도 말했지만 보증은 앤토니오가 설 거요.

샤일록 보증은 앤토니오가 설 거라고. 음.

바사니오 도와줄 건가요? 나의 요청을 들어줄 거냐고요? 가부를 말씀해 주

베니스 거리

시겠어요?

샤일록 삼천 더커트를 석 달 동안이라. 그리고 보증은 앤토니오가 설 거라.

바사니오 가부를 말씀해 줘요.

샤일록 앤토니오는 좋은 분이지요.

바사니오 아니, 그가 그렇지 않다는 평판이라도 들으셨나요?

샤일록 원, 천만에요, 천만에. 내가 그 사람을 좋은 분이라고 한 건 그분 같으면 재력이 충분하다는 뜻이지요. 하지만 그분의 재산은 확실치가 않아요. 그분의 상선 한척은 트리폴리스 Tripolis로, 다른 한 척은 인디아 Indies로 가는 중이라지요. 게다가 이밖에도 거래소에서 듣자니 셋째 배는 멕시코에, 넷째 배는 잉글랜드에 나가 있고, 그분의 다른 투자들도 세계 각지에 흩어져 있다더군요. 그런데 배라는 건 나무 판자에 불과하고, 선원이란 것도 보통 사람에 불과해요. 게다가 땅 쥐에다가 물 쥐, 땅 도둑에다 물 도둑, 즉 해적 등 이런 것들이 있는가 하면, 폭풍우와 암초의 위험까지 있잖아요? 그건 그렇다 해도 그 사람 같으면 재력이 충분하지요. 삼천 더커트라. 그 사람의 보증을 받아 볼까요?

바사니오 그건 염려 말아요.

샤일록 그럼 염려하지 않기로 하지요. 꼭 그렇게 하자면 좀 생각을 해 봐야겠군요. 내가 앤토니오와 만나서 얘기를 좀 했으면 해요.

바사니오 좋으시다면 저희들과 같이 식사를 하시지요.

샤일록 음, 돼지고기의 냄새를 맡으란 말이군요. 저 나자렛의 예언자가 요술을 써서 마귀를 돼지의 뱃속에 몰아넣었다는 그 마귀의 집을 먹으란 말이로군요. 나는 당신들과 거래도 하고, 같이 산보도 하고, 같이 이야기도 하고, 이밖에 다른 일도 하겠지만, 식사나 술은 같이 할 수가 없어요. 기도도 같이는 못하겠다고요. 거래소에 뭔가 새 소식이라도 있던가요? 저기 오는 사람은 누구지요?

샤일록과 바사니오 _ 켄 메도우스 작

앤토니오가 등장한다.

바사니오 앤토니오지요. *(앤토니오를 한쪽으로 데리고 간다.)*

샤일록 (방백) 저놈은 어쩌면 신에게 아첨하는 세리처럼 저런 낯짝을 하고 있단 말인가! 난 저놈이 그리스도교도이기 때문에 밉단 말이야. 그뿐인가? 저놈은 비열하고, 어리석게도 무이자로 돈을 대부하여 베니스의 우리 대금업자 사이에서 이자를 떨어뜨리기 때문에 더욱 미워 죽겠어. 나한테 약점을 한 번만 잡혀 봐라. 쌓이고 쌓인 원한을 내가 톡톡히 갚고야 말 테야. 저놈은 선택받은 백성인 우리를 증오하는가 하면 상인들이 운집한 곳에서도 나를, 내 장사를 비난하거든. 그리고 정당하게 모은 내 재산을 이자라고 비난한단 말이야. 저런 놈을 내버려두면 우리 민족이 저주를 받을 게야!

바사니오 이봐요, 샤일록 씨!

샤일록 아, 난 지금 내가 가지고 있는 현금을 따져 보고 있는 중이지만, 아무리 기억을 더듬어 봐도 삼천 더커트란 거액을 당장에 마련하지는 못할 것 같군요. 하지만 염려 말아요. 우리 히브리인 동족 가운데 튜벌이라는 부자가 있는데 그에게 부탁하면 될 거요. 가만 있자! 몇 달 동안 쓰신다고 했지요? *(앤토니오에게 인사를 하면서)* 안녕하세요? 우린 방금 당신 이야기를 하고 있던 참이었지요.

앤토니오 샤일록 씨, 나는 금전 거래를 이자 없이 해왔지만, 내 친구가 급한 돈이 필요하기 때문에 이번만은 관습을 깨뜨리겠어요. (바사니오에게) 얼마 필요하다는 걸 얘기했나?

샤일록 아, 예, 삼천 더커트라지요.

앤토니오 그걸 삼 개월만.

샤일록 아차, 내가 깜빡 잊었군요. 삼 개월이라고 했지요. 그러면 당신의 보증을 받아야겠어요. 그런데 가만 있자. 지금 당신의 말로는 이자 있는 금전 거래는 하지 않으신다고요?

앤토니오 예, 그래요.

샤일록 야곱 Jacob이 자기 삼촌 라반 Laban의 양떼를 치던 시절의 얘긴데, 그런데 이 야곱으로 말하자면 우리의 신성한 조상 아브라함의 삼 대째 상속자가 됐지요. 이건 그의 현명한 어머니의 술수로 그렇게 된 것이라고요. 어쨌든 그는 삼 대째 상속자가 됐지요.

앤토니오 그래, 그분이 어쨌다는 거요? 이자라도 받았단 말인가요?

샤일록 이자를 받다니, 천만에요. 당신이 말하는 그런 이자를 직접 받은 건 아니지요. 그러나 그분이 어떻게 했는지 좀 들어 보라고요. 글쎄, 삼촌과 조카 사이에 이런 약속을 하지 않았겠어요? 만일 암양이 새끼를 낳으면 그 중에 줄이 진 놈, 점박이 놈은 모두 야곱이 품삯으로 차지하기로 말이지요. 그런데 그 해 늦가을에 암양이 발정하여 수양을 찾아가서 양들 사이에 생식활동이 행해지고 있는 틈에 이 영리한 목동은 나뭇가지 껍질을 벗겨 가지고 가서는 교미가 절정에 달하고 있는 암양의 눈앞에 이 나뭇가지들을 콱 박아 세워 놓았지요. 이래서 암양이 새끼를 배고 해산할 달이 되자 점박이만 잔뜩 낳았는데, 이것이 모두 야곱의 차지가 됐다 이거요. 이것이 부자가 되는 방법이지요. 야곱은 참으로 복이 많았지요. 부자가 되는 건 축복할 일이거든요. 도둑질해서 부자가 되지만 않는다면 말이에요.

앤토니오 야곱이 한 짓이란 일종의 모험이었어요. 자기 힘으로 그렇게 된 게 아니라 순전히 하느님의 손에 의해 좌우된 거라고요. 그래, 이자를 정당화하기 위해서 성서의 이 얘기를 꺼낸 거요? 또는 당신

샤일록으로 분장한 19세기 배우
매크레디 W. C. Macready

의 금은은 모두 암양과 수양들이란 말인가요?

샤일록 글쎄요. 어쨌든 나는 돈도 자주 새끼를 치게 한다고요. 하지만 이봐요, 내 얘길 들어 보라고요.

앤토니오 *(방백)* 바사니오, 저 소리를 들었어? 이 악마 같은 놈이 제 잇속을 차리려고 성서마저 인용하는 걸 좀 보라고. 나쁜 놈이 성서를 들어서 증거를 대는 건 악당의 웃음과도 같은 거야. 속이 썩은 사과와 같은 거라고. 아, 속은 그럴 듯한 겉보기와 전혀 다르다 이거야!

샤일록 삼천 더커트라. 대단한 거액이야. 십이 개월 중 석 달 기한이라. 음. 이자를 좀 계산해봐야겠군.

앤토니오 그래, 융통을 해줄 거요?

샤일록 앤토니오 씨, 당신은 거래소에서 여러 번 나를 비난했어요. 나의 대금과 이자에 대해서 말이에요. 그래도 난 어깨를 으쓱했을 뿐 모두 다 참아 왔지요. 참을성은 우리 민족의 특성이니까요. 나를 이단자니 살인자니 개니 하면서 당신은 우리 유대인의 웃옷에 침을 뱉었지요. 내가 나의 것을 사용한다고 해서 말이에요. 그런데 이제 보니 나의 힘을 빌리자고 하는군요. 그래서 나에게 와서 하는 말이 "이봐요, 샤일록, 돈을 좀 꾸어 줄 수 없겠어요?" 라고 말한다 이거예요. 당신은 내 수염에 침을 뱉는가 하면, 도둑개를 문지방 밖으로 차내듯이 날 차더니, 이제 와서는 돈을 요청하는군요. 글쎄, 나는 뭐라고 말해야 좋을까요? "개가 어디 돈이 있나요? 들개가 과연 삼천 더커트를 융통해 줄 능력이 있겠어요?" 라고 말해야 좋을까요? 아니면, 내가 엎드려서 하인 같은 어조로 숨을 죽여 가면서 겸손하게 중얼거려야 할까요? 이렇게 말이에요, "당신은 지난 수요일에 나에게 침을 뱉었어요. 그리고 그 전에는 나를 발길로 찼고, 다른 때에는 나를 개라고 불렀지요. 그러한 친절에 대한 보답으로 나는 당신에게 이만저만한 돈을 빌려 드리겠어요." 라고 말이에요.

앤토니오 나는 앞으로도 그렇게 욕하고 침을 뱉고 발길로 찰 거요. 당신은 이 돈을 빌려 준다 해도 친구에게 빌려 주는 거라고는 결코 생각하지 말아요. 친구끼리 돈을 꿔주고 이자를 받는 예가 어디 있다는 거요? 그러니까 원수에게 돈을 꿔주는 거라고 생각하라 이거요. 그렇게 하면, 돈을 빌린 사람이 위약하는 경우에 당신은 떳떳하게 위약금을 청구할 수 있을 테니까.

샤일록 아니, 이봐요, 당신은 왜 이렇게 야단법석인 거요? 난 당신과 사귀어서 우정도 나누고 싶고, 여태껏 받은 모욕도 깨끗이 잊어버린 채 이자는 한 푼도 없이 지금 필요하시다는 금액을 융통해 드릴 작정이었는데, 당신은 내 말에는 막무가내로군요. 내가 제안하는 건 나의 선심에서 우러난 건데도 말이에요.

바사니오 사실이 그렇다면 고마운 일이지요.

샤일록 그러면 나의 친절을 보여 드리지요. 자, 같이 공증인에게 가서 당신의 단독 명의도 좋으니까 차용 증서에 서명 날인을 해 줘요. 그리고 이건 장난삼아 하는 얘기지만, 만일 증서에 명시된 일정한 금액을 일정한 시일에, 일정한 장소에서 갚지 못할 때에는 위약금 대신에 당신의 기름진 살을 꼭 일 파운드만 내 마음대로 당신의 몸 어디서나 베어내기로 하면 어떻겠어요?

앤토니오 아, 좋아요. 난 그런 증서에 도장을 찍을 거요. 그리고 유대인들이 매우 친절하다고 세상에 알릴 거요.

바사니오 이봐, 나 때문에 그런 증서에 도장을 찍으면 안 돼. 차라리 내가 궁색한 처지를 참을 테니까.

앤토니오 아, 이 친구야, 염려할 건 없어. 나는 그런 위약은 하지 않을 테니까. 두 달 안에, 그러니까 증서의 만기보다 한 달이나 앞서서 증서의 금액의 아홉 배나 되는 돈이 나에게 들어올 예정이거든.

샤일록 아이고, 선조 아브라함이여, 맙소사! 이 기독교도들을 좀 보세요! 자기들의 거래가 빡빡하니까 남의 속까지 의심하는 모양이군. 자, 한 마디 물어 봅시다. 보증 선 사람이 위약을 하는 경우, 위약의 대가를 받아내는 게 나에게 무슨 이익이 되겠어요? 사람의 몸에서 베어낸 살 일 파운드는 양고기나 쇠고기나 염소고기보다도 쓸데가 없고 가치도 없다고요. 나는 호의를 사려고 이만한 우정을 베푸는데, 당신이 받아들인다면 좋고, 싫다면 하는 수 없지요. 그러나 제발 나를 오해하지는 말란 말이에요.

앤토니오 샤일록, 좋아요. 난 그 증서에 도장을 찍을 테요.

샤일록 그러면 공증인 사무실에서 곧 만납시다. 이 농담조의 증서를 작성해 놓도록 공증인에게 지시해 놓으세요. 나는 가서 곧 돈을 마련할 테니까요. 그런데 나는 되지 못한 놈에게 집을 보라고 맡겨 놓고 와서 걱정스러우니까 집에 좀 다녀와야겠어요. 그러고 나서 곧 찾아뵙지요.

앤토니오 친절한 유대인이시군. 빨리 다녀오도록 해요. *(샤일록이 퇴장한다.)* 저 유대인 놈이 그리스도교도로 개종할 작정인가? 왜 저렇게 친절해졌지?

바사니오 입으로는 듣기 좋은 말만 하지만 뱃속은 시커먼 놈이 난 싫단 말이야.

앤토니오 자, 가자. 걱정할 건 없어. 어쨌든 내 상선들은 기한보다 한 달이나 빨리 돌아올 테니까. *(모두 퇴장한다.)*

2막 1장

벨몬트, 포셔의 집 홀.

모로코 왕 일행이 등장한다. 포셔, 네리사, 시종들이 등장한다.

모로코 왕 내 얼굴의 피부색 때문에 나를 싫어하지는 말아요. 이건 찬란한 태양이 입혀 준 검은 옷이거든요. 난 태양의 이웃에서 자랐으니까요. 태양의 불도 고드름을 녹이지 못한다는 북쪽 지방에서 태어

나고 얼굴이 희디흰 사람들을 불러와서, 당신의 사랑에 걸고 피를 뽑아 그 사람과 내가 누구의 피가 더 붉은지 시험해 보세요. 아가씨, 내 얼굴에 대해서는 장사도 겁을 내고, 사실 우리나라의 가장 아름다운 처녀들도 매혹되어 있지요. 나는 내 얼굴의 피부색을 다른 것과 바꾸고 싶지 않아요. 나의 여왕이여, 내가 당신의 사랑을 몰래 훔칠 수만 있다면 얘기가 달라지겠지만 말이오.

포셔 　선택하는 데 있어서 저는 처녀의 안목에만 좌우되지는 않아요. 더욱이 제비로 운명이 결정될 저로서는 제 마음대로 선택할 권리가 없어요. 하지만 방법을 말씀드린 바와 같이, 제비를 맞추어낸 남자의 아내가 되라는 아버지의 그런 유언 때문에 제가 궁색한 제한을 받고 있지만 않다면, 고명하신 폐하께서도 제 애정의 후보자로서 여태껏 제가 보아온 분들과 비교하여 조금도 손색이 없으시지요.

모로코 왕 : 그 말씀만 들어도 감사하군요.

모로코 왕 : 그 궤짝이 있는 곳으로
나를 안내해 주시오.

모로코 왕 그 말씀만 들어도 감사하군요. 그러니까 그 궤짝이 있는 곳으로 나를 안내해 주시오. 나의 운명을 시험해 볼 테요. 이 장도칼, 터키 왕 솔리먼 Solyman을 싸움터에서 세 번이나 물리쳤다는 페르샤의 소우피 Sophy 왕도 죽인 이 장도칼에 손을 대고 맹세하지만, 아가씨, 당신을 얻기 위해서라면 아무리 무서운 눈과 눈싸움을 해도 나는 상대방의 기를 꺾어버릴 테요. 세상에서 제 아무리 담력이 센 놈과 싸워도 나는 이길 테요. 젖을 물고 있는 곰 새끼라도 어미 곰에게서 떼어놓을 테요. 아니, 먹이를 찾아 으르렁대는 사자라도 놀려 줄 테요. 그러나 아, 허큘리즈 Hercules 장사와 그의 제자 라이카스 Lichas가 주사위를 던져서 결판을 짓기로 한다면, 운명의 조화로 약한 쪽의 손에 좋은 끗수가 나올는지도 모를 테지요. 그래서 이 장사도 그의 제자에게 지고 말았지요. 그러니까 나 역시, 맹목의 운명에 이끌린 채, 하찮은 자라도 손에 넣을 수 있는 행운을 놓치고 비탄 속에 죽을는지도 모르지요.

포셔 모든 걸 운명에 맡기실 수밖에는 없어요. 그러니까 고르기를 아예 그만두시든가, 아니면, 잘못 고르는 경우 앞으로 다시는 여자에게 구혼하지 않겠다고 고르기 전에 맹세하셔야만 해요. 그러니까 잘 생각해 보세요.

모로코 왕 난 그렇게 할 테요. 자, 운명을 결정하도록 나를 안내해 주시오.

포셔 우선 성당으로 갑시다. 그리고 운명의 모험은 식사 후에 하세요.

모로코 왕 그 때에는 행운이 깃들이기를 바랍니다! 자, 내가 행복한 인간이 될 것이냐, 아니면, 저주받는 인간이 될 것이냐, 둘 중에 하나지요.

(모두 퇴장한다.)

2막 2장

샤일록의 집 앞 거리.

란슬로트가 머리를 긁으면서 등장한다.

란슬로트 내가 이 유대인 주인의 집에서 달아난다 해도 나의 양심은 분명히 내 편을 들어줄 거야. 글쎄, 마귀란 놈이 팔꿈치 곁에서 나를 이렇게 유혹한단 말이야. '고보, 란슬로트 고보, 착한 란슬로트 고보, 네 다리들을 사용해라. 다리들을 사용하라고. 뛰어라. 뛰어서 달아나라니까.' 라고. 그런데 나의 양심은 이렇게 말하거든. '안 돼. 잘 생각해라. 넌 정직한 란슬로트가 아니냐? 조심해라. 고보야.' 라고. 또는 아까도 얘기했지만, '정직한 란슬로트 고보, 달아나면 안 돼. 달아나는 건 비겁한 일이야.' 라고 타이른단 말이야. 그런데 마귀 중에서도 가장 용맹한 두목이란 놈은 나에게 짐을 싸라고 하는 거야. 글쎄, 그놈이 소곤대기를 '아, 뛰어라, 뛰어. 제기랄, 용기를 내서 달아나라니까.' 라고 하지. 그런데 양심이란 놈은 내 염통에 바싹 매달리고서 아주 현명하게 이렇게 타이른단 말이야. '정직한 친구 란슬로트, 넌 정직한 남자의 아들이 아니냐?' 라고. 그런데 사실은 정직한 여자의 아들이란 말이 더 맞지 않을까?

고보 : 이봐, 젊은이, 유대인의 집은 어디로 가면 되지?

글쎄, 사실 말이지, 우리 아버지는 입맛을 좀 다시고, 약간 냄새를 피우고, 재미도 살짝 본 거니까 말이야. 그건 그렇고, 양심이란 놈이 '란슬로트, 꼼짝 마.' 라고 하면, 악마란 놈은 '달아나라.' 이러고, 그러면 양심이란 놈은 '꼼짝달싹 하지 말라니까.' 이런단 말씀이야. 그래서 난 이렇게 말해 주지. '양심아, 네 말도 근사하다.' 라고. 그리고 이렇게도 말해주지. '악마야, 네 충고도 그럴듯해.' 라고. 양심의 말을 듣자니, 제기랄, 나는 악마 같은 유대인 주인의 집에 주저앉아야 하고, 이 유대인 집에서 달아나자니 악마 놈의 말을 들어야 해. 그런데 미안한 말이지만, 이 악마란 놈은 마귀가 틀림없거든. 그리고 사실이지 유대인 주인으로 말하자면 바로 악마의 화신이란 말이야. 그런데 내 양심에 두고 말하는데, 그건 좀 무정한 말이지만, 아무래도 악마의 말이 더 친절한 것 같아. 자, 악마야, 난 달아날 테야. 내 발꿈치는 네 명령에 따르겠어. 자, 달아나자.

바구니를 든 고보 노인이 등장한다.

란슬로트가 달아나다가 비틀거리며 그의 아버지 고보의 팔에 부딪친다. 고보 노인은 바구니를 들고 큰길을 걸어오는 중이다.

고보 이봐, 젊은이, 말 좀 묻겠는데, 유대인의 집은 어디로 가면 되지?

란슬로트 *(방백)* 아이고, 나의 진짜 아버지가 아니신가! 반소경보다 더한 완전한 장님처럼 되어 나를 알아보지 못하시는군. 난 이분의 넋을 좀 빼어 놓아야겠어.

고보　　이봐, 젊은이, 유대인의 집은 어느 쪽인가?

란슬로트　　*(큰소리로)* 다음 모퉁이에서 오른쪽으로 도세요. 그리고 그 다음 모퉁이에서는 반드시 왼쪽으로 돌라고요. 그리고 그 다음 모퉁이에서는 꼭 왼쪽으로 도세요. 그리고 그 다음 모퉁이에서는 제발 돌지 말고 꼬불꼬불 내려가면 유대인의 집이지요.

고보　　아이고, 찾기가 여간 힘들지 않겠어. 그런데 이봐, 그 집에 사는 란슬로트가 지금도 살고 있는지 어쩐지 아는가?

란슬로트　　젊은 신사 란슬로트 말인가요? *(방백)* 가만 있자. 눈물이 좀 쏟아지게 해줄까 보다. 젊은 신사 란슬로트 말인가요?

고보　　신사는 무슨 신사라는 거요? 그저 가난한 사람의 아들이지요. 그러나 내가 이렇게 말하는 건 좀 뭣하지만, 그의 아버지는 찢어지게 가난하기는 해도 정직하고 하느님 덕분에 잘 지내고 있지요.

란슬로트　　원, 그의 아버지야 어떻게 되었든, 우린 젊은 신사 란슬로트에 관해 얘기하자고요.

고보 당신의 친구 란슬로트 말인가?

란슬로트 그런데, 저, 그러니까 말이에요, 노인. 젊은 신사 란슬로트 말이에요.

고보 미안하지만, 그저 그 란슬로트 녀석 말이야.

란슬로트 그러니까 신사 란슬로트 말이에요. 신사 란슬로트 얘긴 그만 두자고요. 아저씨, 그 젊은 신사는, 운명인지 천명인지 모르겠지만, 그 이상한 말대로, 그리고 운명의 세 여신인지 하는 그 학문 때문에 사실은 죽었거든요. 아니면, 우리말로 쉽게 말하자면 천당에 갔지요.

고보 아이고, 맙소사! 늙은 내가 그 자식 놈을 지팡이나 기둥처럼 믿고 있었는데.

란슬로트 *(방백)* 내가 몽둥이나 초가집 기둥, 막대기나 버팀 기둥처럼 보인단 말인가? 그런데 아저씨, 저를 몰라보시겠어요?

고보 아이고, 젊은이, 난 몰라보겠어. 그런데 이봐, 내 자식 놈은 살아 있는 거야, 아니면, 죽은 거야? 하느님, 그를 보호해 주십시오!

란슬로트 그런데 아저씨, 저를 몰라보시겠어요?

고보 _ 자크 카요 작

고보 아, 난 앞이 보이지 않는 사람이라 당신이 누군지 몰라보겠어.

란슬로트 아니지요. 눈이 멀쩡하다 해도 저를 몰라보실 거예요. 글쎄, 자기 자식을 알아보는 아버지는 현명한 아버지라고 하니까요. *(무릎을 꿇고)* 그런데 노인, 당신 아들에 관한 소식을 전해 드리겠어요. 저를 축복해 주세요. 온갖 일은 백일하에 밝혀질 테고, 살인도 오래 숨기지는 못해요. 그리고 사람의 자식도 아무리 숨어 봤자 결국은 밝혀지고말고요.

고보 이봐, 제발 일어나요. 당신은 내 아들 란슬로트가 분명히 아니야.

란슬로트 농담은 이제 제발 그만두시고 저를 축복해 주세요. 저는 진짜 란슬로트라고요. 예전에는 당신 아들이었고, 지금은 당신의 자식이며, 앞으로는 당신의 아이가 될 란슬로트란 말이에요.

고보 아무리 봐도 내 아들 같지 않아.

란슬로트 아무리 보고 뭐고 간에, 저는 유대인의 하인 란슬로트라고요. 그리고 분명히 노인의 아내 마제리 Margery는 저의 어머니지요.

고보 내 마누라의 이름은 틀림없이 마제리야. 그런데 맹세하지만, 네가 란슬로트라면 바로 내 혈육인 내 자식이로군. *(란슬로트의 얼굴을 만져 본다. 란슬로트는 절을 하며 목덜미를 내민다.)* 아이고, 하느님, 감사합니다! 어찌 수염이 이렇게 많이 났단 말이냐! 네 턱에 난 털은 우리 집 망아지 도빈 Dobbin이란 놈의 꼬리보다 더 무성하구나.

란슬로트 그렇다면 도빈이란 놈의 꼬리는 갈수록 짧아지는 모양이군요. 요전에 봤을 땐 확실히 그놈의 꼬리가 내 얼굴의 털보다 더 무성했거든요.

고보 하느님 맙소사! 넌 참으로 많이 변했어! 그래, 주인과 사이는 어떠냐? 난 네 주인에게 줄 선물을 하나 가지고 왔지. 그래, 넌 주인과 어떻게 지내느냐?

란슬로트 예, 예. 그런데 저로 말하자면 달아나기로 일단 결심했으니까, 조금은 달아나 보지 않고서야 어디 마음이 편해야지요. 주인으로 말하자면 진짜 유대인 놈이라고요. 그놈한테 선물을 주다니요! 목매달아 뒈지라고 밧줄이나 가져다주세요. 저는 그 놈 집에서 고생살이를 하고 있어서 배에서 쪼르륵 소리가 난다고요. 갈빗대로 나의 손가락이란 손가락을 이렇게 모두 세어 볼 수 있을 지경이지요. 아버지, 오셔서 참 반가워요. 가지고 오신 선물은 바사니오 씨에게 드리세요. 그분이 좋은 하인 제복을 새로 맞춰 주시거든요. 저는 그분 집에서 하인노릇을 못할 바에야 차라리 땅이 끝나는 곳까지라도 달아나 버리겠어요. 아이고, 잘됐어요! 마침 그분이 오시는군요. 아버지, 저분 말이에요. 제기랄, 누가 더 이상 유대인 놈의 집에서 살겠어?

고보와 란슬로트

바사니오가 리오나도 및 그 밖의 사람들과 함께 등장한다.

바사니오　*(하인에게)* 그렇게 해도 좋아. 하지만 늦어도 다섯 시까진 식사 준비가 다 되어 있도록 서둘러라. 이 편지들은 각각 전달하고, 새 제복들도 맞추도록 해. 그리고 그래시아노에게 곧 우리 집으로 오시도록 전해라. *(하인이 퇴장한다.)*

란슬로트　*(아버지를 앞으로 밀어내면서)* 저분이에요, 아버지.

고보　하느님의 축복이 당신에게 풍성히 내리시기를 빕니다!

바사니오　정말 고맙군요! 나에게 무슨 할 말이라도 있는지요?

고보　이 애가 제 자식인데 변변치 못한 놈이지요.

란슬로트　부자 유대인 집에 사는 놈인데 제가 변변치 못한 놈이라니요? 어쨌든 아버지가 차차 자세히 얘기하실 거예요. *(뒤로 물러선다.)*

고보　이 애가, 글쎄, 당신 집에서 무척 살고 싶어 한다는군요.

란슬로트　*(앞으로 나서서)* 요점을 말씀드리자면, 사실 저는 유대인 집에서 살고 있는 사람이라고요. 어쨌든 제가 원하는 건 아버지가 자세히 얘기할 거예요. *(물러선다.)*

고보　당신 앞에서만 하는 말이지만, 이 애는 자기 주인과 사이가 별로 좋지 않은 모양이에요.

란슬로트　*(앞으로 나서서)* 간단히 말하자면, 사실 저 유대인은 저를 못살게 굴어요. 그래서 이분이 우리 아버님이신데 늙기는 했어도 확실히 얘기할 거예요. *(물러선다.)*

고보　당신에게 드리려고 이렇게 비둘기 고기를 한 접시 가지고 왔지요. 그런데 제가 부탁이 한 가지 있는데 말이지요.

란슬로트　*(앞으로 나서서)* 매우 간단히 말하자면, 그 부탁은 저하고 아무 관계도 없다고는 할 수 없어요. 아시다시피 이 정직한 노인이 얘기할

거예요. 이 노인은 늙기는 늙었지만 가난한 우리 아버지거든요.

바사니오 한 사람만 얘기해요. 그래, 네 부탁이란 뭐냐?

란슬로트 당신 집에서 살고 싶어요.

고보 그게 바로 제 얘기의 요점이라고요.

바사니오 나는 너를 잘 알아. 네 부탁은 들어 주겠어. 사실은 네 주인 샤일록이 오늘 나하고 얘기를 했는데, 나에게 너를 추천했어. 돈 많은 유대인 집을 나와서 나같이 가난한 신사의 집에 살려고 오는 것도 추천이라고 한다면 말이야.

란슬로트 옛 속담에 '하느님의 은총은 보배' 라는 말이 있잖아요? 그 속담을 샤일록과 당신이 절반씩 나누어 가진 셈이에요. 당신은 '하느님의 은총' 을, 샤일록은 '보배' 를 가지고 있는 거라고요.

바사니오 넌 말재주가 있군, 그래. 자, 노인, 아들과 함께 예전 주인의 집에 가서 작별 인사를 한 다음 우리 집을 찾아오도록 하세요. *(하인들에게)* 이봐, 이 자에게는 다른 하인들의 제복보다 장식이 훨씬 더 많이 달린 제복을 입혀라. 알겠느냐? *(리오나도와 한 쪽으로 가서*

이야기한다.)

란슬로트 아버지, 들어가세요. 나는 다른 데 일자리를 얻어 낼 수도 없고, 이 머리통 속에 어디 혓바닥이라도 있어야 말이지요. 그런데 말이야. *(손바닥을 들여다보면서)* 성서에 걸고 맹세해도 좋지만, 이탈리아 천지를 찾아 봐도 나처럼 좋은 손금은 없어. 이제 좋은 복이 굴러 들어오고말고. 자, 이 직선은 생명의 선이고, 이쪽 대단찮은 선은 마누라 선이야. 원, 마누라가 겨우 열다섯 명밖에 안 된다면 말도 안 돼! 과부 마누라가 열하나에 처녀 마누라가 아홉 명이라면 한 사람의 사내 몸으로는 참 쓸쓸하지. 그리고 세 번 물에 빠져 죽을 뻔하게 되어 있어. 어쨌든 간신히 목숨을 건지기는 건지는군. 그래, 운명의 신이 여신이라고 한다면, 참으로 친절한 계집애이기도 해. 아버지, 오세요. 눈 깜짝할 사이에 유대인 주인과 작별하고 올 테니까요. *(란슬로트와 고보 노인이 퇴장한다.)*

바사니오 이봐, 리오나도, 제발 명심해라. 이러이러한 물건들을 구입하여 배에 잘 싣고 나면 넌 빨리 돌아와야 해. 오늘밤에 나는 귀한 친지들을 대접할 예정이거든. 자, 빨리 가봐라.

리오나도 예, 최선을 다하겠어요.

그는 나가는 길에 마주 오는 그래시아노를 만난다.

그래시아노 네 주인은 어디 계시냐?

리오나도 저기 걸어가고 계시지요. *(퇴장한다.)*

그래시아노 바사니오!

바사니오 아, 그래시아노!

그래시아노 부탁이 한 가지 있어.

바사니오 들어 줄 테니 말해 봐.

그래시아노 거절하면 안 돼. 다른 게 아니라, 나도 벨몬트에 너를 따라가야겠다 이거야.

바사니오 아, 그야 네가 따라와야겠다면 그렇게 해. 하지만 그래시아노, 내 말을 좀 들어 봐. 너는 너무 방자하고 무례하고 수다스럽지. 하기야 그건 너에게 어울리는 성격이기도 하고, 또한 우리 눈에는 결점으로 보이지는 않아. 그러나 낯선 땅에 가면 좀 경솔하게 보일 게 아닌가? 그러니까 제발 노력을 해서 그 날뛰는 성미를 절제의 냉수로 좀 가라앉히란 말이야. 너의 그 난폭한 행동 때문에 저곳에 가서 나까지 오해를 받고 결국 내 희망까지 물거품이 되면 안 되니까.

그래시아노 바사니오, 내 말도 좀 들어 봐. 나는 어디까지나 건실한 태도를 취하고 말도 점잖게 하며, 욕도 별로 하지 않고, 호주머니에는 언제나 기도 책을 넣고 다니며, 그리고 얼굴 표정은 매우 엄숙하게 유지할 거야. 아니, 그뿐만이 아니라 식사 전후의 기도를 드릴 때 보라고. 이렇게 모자로 눈을 가린 채 한숨을 내쉬면서 "아멘" 이라고 할 거야. 그리고 예의란 예의는 모두 지킬 거야. 할머니 마음에 들기 위해서 엄숙한 척 시치미를 떼는 데에 능란한 사람처럼 말이야. 내 말이 거짓말이라면 네가 이제부터는 나를 전혀 믿지 않아도 좋아.

바사니오 음, 그러면 앞으로 두고 보자.

그래시아노 하지만 오늘밤만은 예외야. 오늘밤의 내 행동으로 나의 장래를 판단하면 안 돼.

바사니오 그야 물론이지. 오늘밤만은 철저히 홍청대라고 오히려 내가 요청하구 싶어. 모두 놀기 좋아하는 친구들이 모이니까 말이야. 자, 그러면 먼저 가봐. 난 좀 볼일이 있으니까.

그래시아노 그럼 나는 로렌소와 그 밖의 친구들에게 가 봐야겠어. 그러나 우린 저녁 식사 때 널 다시 만날 거야. *(모두 퇴장한다.)*

샤일록의 집.

문이 열려 있다. 제시카와 란슬로트가 등장한다.

제시카 이제 네가 우리 아버지의 집을 아주 나간다니, 참 안 됐어. 우리 집은 지옥 같은데 그래도 네가 참 재미난 녀석이라서 난 지루한 줄도 몰랐거든. 그럼 잘 가라. 이 돈, 일 더커트인데 받아. 그리고 이봐, 너는 오늘 저녁 식사 때 로렌소를 만나면 이 편지를 전해 줘. 남몰래 전해야 해. 그 분은 너의 새 주인의 집에 초대받은 손님이야. 그럼 잘 가라. 이렇게 내가 너와 얘기하고 있는 걸 우리 아버지가 보시면 야단난단 말이야.

란슬로트 안녕히 계세요! 눈물 때문에 난 혓바닥을 움직일 수도 없어요. 이교도이긴 해도 더할 나위 없이 아름답고 귀여운 유대인 아가씨! 틀림없이 어떤 그리스도교도가 아가씨의 어머니와 군것질을 해가지고 아가씨를 낳았을 거예요. 그건 그렇고, 안녕히 계세요. 미

련하게 이렇게 눈물이 자꾸만 쏟아져 나오니 대장부의 마음이 그 눈물 속에 빠져죽게 만드는군요. 안녕히 계세요! *(퇴장한다.)*

제시카 잘 가라, 착한 란슬로트. 이 흉악한 나의 죄 좀 봐! 우리 아버지 같은 분의 딸이 된 걸 내가 창피스러워 하다니! 그러나 핏줄로는 아버지의 딸이지만 행동으로는 딸이 아니야. 아! 로렌소, 당신만 약속을 지켜 준다면, 나는 이 고민을 청산하고 그리스도교도로 개종하여 당신의 사랑스런 아내가 되겠어요. *(퇴장한다.)*

2막 4장

베니스의 거리.

그래시아노, 로렌소, 살레리오, 솔라니오가 대화를 하면서 등장한다.

로렌소 아니야. 우린 식사 때 살그머니 빠져나와 우리 집에 가서 변장을 한 다음 다시 돌아가기로 하자. 전부 해서 한 시간이면 넉넉할 거야.

그래시아노 그런데 우린 준비가 충분치 않아.

살레리오 횃불잡이 얘기도 아직 안 했어.

솔라니오 감쪽같이 하지 않으면 꼴이 말이 아닐 테니까 내 생각에는 집어치우는 게 좋을 것 같아.

로렌소 이제 겨우 네 시니까 준비할 시간이 두 시간은 있어.

란슬로트가 편지를 가지고 등장한다.

로렌소 이봐, 란슬로트, 무슨 소식이냐?

란슬로트 *(편지를 주머니에서 꺼내면서)* 이 편지를 뜯어보기만 하세요. 자세한 얘기는 거기 적혀져 있을 테지요.

로렌소 이건 내 눈에 익은 글씨야. 참으로 아름다운 글씨로군. 그러나 이 글씨가 쓰인 종이보다 이 글씨를 쓴 손이 더 하얗고말고.

그래시아노 아니, 연애편지로군.

란슬로트 저는 물러가겠어요.

로렌소 어디 가려는 거냐?

란슬로트 예, 사실은 저의 먼저 주인인 유대인이 저의 새 주인인 그리스도교 신자의 집에 와서 저녁을 들도록 그분을 모시러 가려는 참이지요.

로렌소 가만있어. 이걸 받아. *(돈을 준다.)* 그리고 제시카에게 이렇게 전해줘. 내가 틀림없이 찾아갈 거라고 말이야. 은밀히 전해야 해. *(란슬로트가 퇴장한다.)* 자, 여러분, 오늘밤의 가장 행렬을 준비하지 않겠어? 난 횃불잡이를 한 명 구했어.

살레리오 아, 그럼 됐어. 난 가서 당장 착수해야지.

솔라니오 나도 착수해야지.

로렌소 그럼 조금 있다가 그래시아노 집으로 와서 나하고 그래시아노를 찾아 줘.

살레리오 아까 그 편지는 제시카한테서 온 편지가 아닌가?

로렌소 너한테는 전부 얘길 하겠어. 사실은 제시카가 이렇게 전해왔어. 그녀의 아버지 집에서 내가 자기를 이러이러하게 빼내달라든가, 자기가 어떠한 금이나 보석을 가지고 있으며 사동의 복장도 마련해 놓았다든가 하는 걸 말이야. 그래, 만일 그녀의 아버지인 유대인이 천당에 간다면, 그건 저 얌전한 딸 때문일 거야. 그녀의 길목에는 불행이란 게 절대로 없도록 해야지. 그녀가 이교도인 유대인의 딸이라는 이유 때문이라면 모르지만. 자, 같이 가보자. 가면서 이걸 읽어보라고. 아름다운 제시카를 나의 횃불잡이로 삼자. *(모두 퇴장한다.)*

샤일록의 집 앞 거리.

샤일록과 란슬로트가 등장한다.

샤일록 자, 이제는 네 눈으로 보고 판단해서 알게 될 거야. 이 샤일록과 바사니오의 차이를 말이야. 얘, 제시카! 넌 이제 우리 집에서 하듯이 그렇게 배 터지게 퍼먹지는 못할 거야. 얘, 제시카! 그리고 넌 코를 골며 잠을 자지도 못할 테고, 옷을 함부로 찢어발기지도 못할 거라고. 아니, 제시카, 이 애야!

란슬로트 *(큰 소리로)* 이봐요, 제시카!

샤일록 누가 너한테 부르라고 했어? 난 너한테 부르라고 하지 않았단 말이야.

란슬로트 하지만 영감님은 제가 뭔가 시키지 않으면 아무 일도 못하는 놈이라고 늘 야단만 치셨잖아요.

제시카가 등장한다.

제시카 부르셨어요? 왜 그러세요?

샤일록 제시카, 난 식사에 초대를 받았어. 자, 이건 내 열쇠들이야. 하지만 내가 왜 가야만 하지? 호의로 나를 초대하는 게 아니라 저것들이 나에게 아첨하는 데 불과해. 하지만 난 증오심을 품고 가서 저 방탕한 그리스도교도 놈들의 집에서 먹어주겠어. 얘, 제시카, 집을

샤일록 : 얘, 제시커, 집을 좀 잘 봐라.

좀 잘 봐라. 나는 정말 가기가 싫어. 어쩐지 뭔가 불행이 나에게 닥칠 것만 같아. 글쎄, 지난밤에 나는 돈주머니를 꿈에 보았거든.

란슬로트 제발 가보세요. 저의 젊은 주인은 영감님의 힐책(출석)을 기다리고 계시니까요.

샤일록 날 욕보이려고 말이지?

란슬로트 천만에요. 다들 공모해 놓았지만, 저는 영감님이 가장행렬을 굳이 보셔야만 한다는 건 아니지요. 그러나 만약 보시게 된다면, 지난해 부활절의 검은 월요일 아침 여섯시에 재수 나쁘게 제가 코피를 흘린 것도 까닭이 없는 건 아니었다고요. 글쎄, 그 해 재수의 수요일부터 쳐보면 오늘 오후가 꼭 사 년째 되는군요.

샤일록 뭐, 가장행렬이 있어? 얘, 제시카, 문단속을 단단히 잘해라. 북소리나 목을 비틀고 부는 저 흉악한 피리의 끽끽거리는 소리가 나더라도, 너는 창틀에 기어 올라가서 머리를 큰길 쪽으로 내민 채 그리스도교도 바보 놈들의 어릿광대 낯짝을 봐서는 안 돼. 제발 우리 집의 귀들, 즉 창문들을 모조리 틀어막고, 점잖은 집안에 건달패들의 소리가 들어오지 못하게 하란 말이야. 우리 조상 야곱의 지팡이에 걸고 말하지만, 난 정말 오늘밤 연회에는 나가고 싶지가 않아. 그래도 나가 봐야지. 얘, 넌 먼저 가봐라. 그리고 내가 간다고 전해라.

란슬로트 예, 저는 먼저 가보겠어요. *(나가면서 제시카에게 중얼거린다.)* 아가씨, 별일이 있더라도 창밖을 꼭 좀 내다 보세요. 유대인 딸의 눈에 들 만한 그리스도교도 한 명이 지나갈 테니까요. *(란슬로트가 퇴장한다.)*

샤일록 : 저 상놈의 바보 녀석이 뭐라고 그러는 거냐, 응?
_ 로버트 스머크 작

샤일록 저 상놈의 바보 녀석이 뭐라고 그러는 거냐, 응?

제시카 "아가씨, 안녕히 계세요." 라고 했지, 뭐예요?

샤일록 저 녀석은 마음씨는 좋지만 먹성이 지나치고 이익을 차리는 데는 달팽이처럼 느리며, 대낮에도 살쾡이보다 잠을 더 잔단 말이야. 수펄처럼 퍼먹기만 하는 놈을 우리 집에 둘 수는 없어. 그러니까 저런 놈은 내보내는 거야. 그냥이 아니라 빚을 지는 놈한테 내보내 가지고 빚낸 돈을 낭비하게 만들자 이거야. 그런데 제시카, 넌 그만 들어가 봐라. 난 금방 돌아올 테야. 그리고 넌 내가 이른 대로 안에 들어간 다음 문단속을 잘해야만 돼. 단단히 단속해 놓으면 돈이 모인다지. 이건 절약하는 사람이 들으면 언제 들어도 새 맛이 나는 속담이야. *(샤일록이 퇴장한다.)*

제시카 안녕히 다녀오세요. 이제 내 운명을 누가 막지만 않는다면, 나는 아버지를, 아버지는 딸을 영영 잃게 되는 거야. *(제시카가 퇴장한다.)*

2막 6장

같은 장소.

그래시아노와 살레리오가 가장을 하고 등장한다.

그래시아노 로렌소는 이 처마 밑에서 우리더러 기다리고 있으라고 그랬지.

살레리오 약속 시간이 거의 다 지났어.

그래시아노 그 친구가 약속시간에 늦다니 정말 이상해. 애인들은 반드시 약속 시간을 앞질러 오는 법이거든.

살레리오 아, 사랑의 여신 비너스 Venus의 수레를 끄는 비둘기는 새로 맺어진 사랑의 약속을 굳게 하기 위해서라면 이미 맺어진 사랑의 맹세를 지키려고 할 때보다 열 배나 더 빨리 날아가는 법이라고!

그래시아노 그야 그렇지. 잔칫상에 앉을 때와 같은 왕성한 식욕을 지닌 채 잔치 자리에서 일어나는 사람이 어디 있겠어? 말을 몰 때, 처음 뛰어갈 때와 마찬가지로 돌아올 때에도 왕성한 의욕으로 그 지루한 발걸음을 떼는 말이 어디 있겠어? 세상 일이란 쫓아가는 재미지. 일단 손에 넣고 보면 별 게 아니란 말이야. 만국기를 달고 고향의 항구를 떠나는 배를 보더라도 어쩌면 그렇게 젊은 한량처럼 창녀 같은 바람에 끌어안기고 껴안기고 하느냐 말이야! 그러나 돌아올 때 보면 늑재는 비바람에 시달려 있고, 돛은 찢겨 지고, 어쩌면 그렇게도 난봉꾼 같으냐 말이야. 창녀 같은 바람에 시달려서 거지같이 뼈대만 남아 가지고 말이야!

로렌소가 등장한다.

살레리오 마침 로렌소가 오는군. 이 얘기는 다음에 또 하자.

로렌소 이봐, 친구들, 늦어서 미안해. 사실은 내가 아니라 내 일이 그만 너희를 이렇게 기다리게 하고 말았어. 그러나 훗날 너희가 색시 도둑질을 하는 처지에 놓인다면 나도 오늘 너희가 한 것만큼은 기다려 주겠어. 모두 이리 나와. 이게 내 장인 유대인의 집이야.

이봐요! 안에 누구 있어요?

현관 문 위의 창문이 열리고 소년의 복장을 한 제시카가 내다본다.

제시카 누구세요? 말씀해 보세요. 좀 더 확인해 보려고 그래요. 나는 음성으로 분명히 당신을 분간하고 있지만 말이에요.

로렌소 당신의 애인 로렌소야.

제시카 아, 정말 로렌소로군요. 아, 저의 애인이 분명해요. 제가 이토록 사랑하는 분은 당신밖에 없어요. 그리고 로렌소, 제가 당신의 것임을 아는 사람도 당신밖에는 없어요.

로렌소 그 사실에 대해서는 하느님과 당신의 애정이 증인이지.

제시카 자, 이 궤짝을 좀 받아주세요. 수고할 만한 일이니까요. *(궤짝을 던진다.)* 마침 밤이어서 다행이에요. 이렇게 변장한 게 난 부끄러운데, 당신이 알아보지 못하니 말이에요. 그러나 사랑은 눈이 멀었고 애인들은 자기들이 하는 어리석은 수작도 알아보지 못하지요. 만일 그렇지 않다면, 내가 이렇게 소년으로 남장한 걸 보면 큐피드 Cupid조차 얼굴을 붉힐 테니까요.

로렌소 내려와. 당신을 나의 횃불잡이로 삼아야겠거든.

제시카 아니, 이 창피한 꼴이 더욱 잘 드러나 보이게 내가 횃불을 들어요? 안 그래도 정말 너무나 환히 나타나 보이는걸요. 횃불잡이는 뭐든지 환하게 비추는 게 그 임무가 아닌가요? 그런데 저는 남의 눈을 피해 있어야 할 처지라고요.

로렌소 이봐, 그래서 당신은 그렇게 아름다운 소년의 복장으로 변장하고

있는 거라고. 그러나 빨리 내려와. 캄캄한 밤은 줄달음질치고, 바사니오 집의 잔치는 우리를 기다리고 있으니까.

제시카 저는 문단속을 좀 하겠어요. 그리고 돈도 좀 더 가지고 곧 내려갈게요. *(창문을 닫는다.)*

그래시아노 내 두건에 걸고 맹세하지만, 저건 유대인 여자가 아니라 참 좋은 애야.

로렌소 정말이지 난 저 여자를 진심으로 사랑해. 우선 내가 판단할 줄 안다면 저 여자는 현명한 여자거든. 그리고 내 눈이 틀림없다면 저 여자는 예쁘거든. 그리고 또한 진실한 여자거든. 이건 그녀 자신이 벌써 증명해 보였어. 그러니까 난 현명하고 예쁘고 진실한 그녀의 천성 그대로를 변치 않는 내 영혼 속에 간직해 두겠어. *(제시카가 안에서 나온다.)* 아니, 벌써 왔어? 자, 가보자. 지금쯤은 가장을 한 친구들이 기다리고 있을 거야. *(로렌소, 제시카, 살레리오가 퇴장한다.)*

앤토니오가 거리를 걸어오고 있다.

앤토니오 아, 거 누구요?

그래시아노 앤토니오인가?

앤토니오 아, 그래시아노! 그래, 다들 어디 있는 거야? 아홉 시야. 내 친구들이 모두 너를 기다리고 있어. 오늘 밤 가장행렬은 없고, 순풍이 불기 시작해서 바사니오는 곧 배를 타고 떠나기로 되어 있어. 난 너를 찾느라고 스무 명이나 사람을 풀어 놓았다고.

그래시아노 그거 반가운 소식이야. 난 배를 타고 오늘 밤 떠나는 것보다 더 기쁜 일이 없거든. *(모두 퇴장한다.)*

벨몬트. 포셔의 집 홀.

포셔, 모로코 왕, 시종들이 등장한다.

포셔 자, 휘장을 열어젖히고 궤짝들을 일일이 이분 폐하께 보여드려라. *(하인이 휘장을 젖힌다. 탁자가 놓여 있다. 탁자 위에는 궤짝 세 개가 놓여 있다.)* 그럼 골라 보세요. *(모로코 왕이 궤짝들을 조사해 본다.)*

모로코 왕 첫째 것은 금 궤짝인데 이런 글이 새겨 있군. '나를 고르는 사람은 수많은 사람이 소망하는 것을 얻을 것이다.' 라고 말이야. 둘째 것은 은 궤짝인데 이런 약속이 적혀 있군. '나를 고르는 사람은 자기 신분에 합당한 것을 얻을 것이다.' 라고 말이야. 셋째 것은 둔한 납으로 만든 궤짝인데 거기 붙은 경고문마저도 무뚝뚝하군. '나를 고르는 사람은 전 재산을 내어놓고 운명을 무릅쓸 것이다.' 라고 말이야. 그런데 내가 바른 궤짝을 골랐는지 아닌지, 그걸 어떻게 알아보는 거요?

포셔 이 가운데 어느 한 궤짝 속에 제 초상화가 들어 있어요. 그걸 고르시면, 저는 그 초상화와 함께 폐하의 것이 되지요.

모로코 왕 신이여, 나의 판단력을 인도해 주십시오! 그런데 가만 있자. 글귀들을 다시 한 번 읽어 보자. 납으로 만든 궤짝에는 뭐라고 했지? '나를 고르는 사람은 전 재산을 내어놓고 운명을 무릅쓸 것이다.' 그래, 전 재산을 내어놓아야만 해. 무엇을 위해서? 납을 위해서?

납을 위해서 운명을 무릅쓴단 말인가? 이 궤짝은 협박을 하고 있어. 사람들이 모든 것을 내어놓고 운명을 무릅쓸 때에는 뭔가 좋은 이익이 바라다 보이니까 그러는 게 아닌가? 황금 같은 마음은 잡동사니 같은 것에 굴복하지 않아. 그러니까 나는 납을 위해서는 아무 것도 내어놓지 않고 무릅쓰지도 않겠어.
그러면 빛깔이 처녀처럼 순결한 은 궤짝은 뭐라고 하는가? '나를 고르는 사람은 자기 신분에 합당한 것을 얻을 것이다.' 자기 신분에 합당한 것이라니! 가만 있자, 이 모로코 왕아, 공평한 손으로 네 가치를 달아 봐라. 세상의 평가대로라면 네 가치는 충분해. 그러나 이 아가씨를 얻을 수 있을 만큼 충분한 것인가? 그렇다고 내 가치를 의심하는 것은 내가 공연히 나 자신을 멸시하는 것밖에는 안 되지. 신분에 합당한 것이라니! 그건 물론 이 아가씨야. 가문으로 보나, 재산으로 보나, 인품으로 보나, 교양으로 보나 나야말로 이 여자를 얻을 만해. 그러나 무엇보다도 사랑으로 보나 나는 얻을 만하다고. 이제는 그만 망설이고 이 궤짝을 고르면 어떨까?
그러나 금 궤짝에 새겨 있는 문구를 어디 다시 한 번 보자. '나를 고르는 사람은 수많은 사람이 소망하는 것을 얻을 것이다.' 아! 이것이 바로 이 아가씨야. 온 천하가 아가씨를 소망하고 있잖아. 세상의 방방곡곡에서 사람들이 이 성전, 아니, 살아 있는 이 성녀에게 키스하려고 모여들잖아. 그래서 저 허케이니어 Hyrcania의 사막도 광활한 아라비아의 광야도 이제는 아름다운 포셔를 만나러 찾아오는 군주들 때문에 큰길로 변해 버렸어. 그리고 교만한 머리를 쳐들고 하늘에다 침을 뱉는 저 해상 왕국도 외국의 모험가들을 막아내지는 못하니, 그들은 바다를 개울처럼 손쉽게 건너서 아름다운 포셔를 만나러 오고 있잖아.

이 셋 중 하나의 궤짝 속에 그녀의 선녀 같은 초상화가 들어 있다지. 과연 납의 궤짝 속에 들어 있을 수가 있을까? 지옥에라도 떨어지려거든 그런 야비한 상상을 해라. 납의 궤짝은 그 속에 그녀의 수의를 담아서 캄캄한 무덤에 묻어 놓기에도 너무나 조잡한 물건 아닌가? 그러면 은 궤짝 속에 들어 있다고 생각할 수 있을까? 정련된 금보다 십분의 일의 가치밖에 없는 은으로 만든 궤짝 속에 말이야. 이건 상상만 해도 죄받을 일이 아닌가! 저렇게도 값진 보석이 금보다 못한 금속의 궤짝 속에 들어 있던 일도 있었단 말인가? 영국에는 천사의 모습이 각인된 금화가 있다지만, 그건 표면에 새겨져 있을 뿐인데, 여기 천사는 황금의 침대에 누워 있잖은가?

모로코 왕 : 난 이걸 고르겠어요.

자, 열쇠를 이리 줘요. 난 이걸 고르겠어요. 제발 소원 성취를 바라면서 말이오!

포셔 자, 열쇠는 여기 있어요. 그 궤짝 속에 저의 초상화가 들어 있다면 저는 당신의 것이 되요. *(모로코 왕이 금 궤짝을 연다.)*

모로코 왕 에잇, 망할 것 같으니! 이게 뭐냐? 더러운 해골바가지잖아. 텅 빈 눈구멍 속에는 족자가 끼어 있어. 뭔가 글이 적혀 있군. 어디 읽어 보자. *(읽는다)*

'번쩍이는 것이라고 모두 다 금은 아니야.
이 말을 너는 자주 들어왔어.
나의 외관에 홀려서
자기 목숨을 판 사람이 수없이 많지.
황금의 무덤 속에 구더기가 우글거리지.
네가 대담하듯이 현명하기도 했더라면,
젊은 사지에다 판단이 노련했더라면,
이런 족자의 대답은 받아보지 않았을 게야.
잘 가라. 너의 청혼은 싸늘하게 식어 버렸으니.'

참으로 차디차군. 헛수고만 했어. 그러면 정열이여, 잘 가라! 그리고 서리야, 내려라! 포셔, 안녕히 계세요! 나는 가슴이 너무나도 아파서 작별 인사를 길게 할 수도 없군요. 이것이 패자들의 작별이지요. *(시종을 거느리고 퇴장한다.)*

포셔 손쉽게 떨쳐 버렸어. 자, 휘장을 치고 안으로 들어가자. 저분 같은 얼굴색을 한 사람은 모두 저렇게 고르라고 해라. *(모두 퇴장한다.)*

2막 8장

베니스의 거리.

살레리오와 솔라니오가 등장한다.

살레리오　이봐, 난 바사니오가 출항하는 걸 봤어. 그래시아노도 같이 떠났지. 그러나 로렌소는 확실히 그 배에 타지 않았어.

솔라니오　저 망할 유대인 놈이 아우성을 쳐서 마침내 공작마저 일으켜 놓았어. 그래서 공작도 그놈과 함께 바사니오의 배를 찾으러 가셨지.

살레리오　그건 사또 지난 뒤의 나팔 격이야. 배는 벌써 떠나고 없으니까. 하지만 공작에게는 마침 이런 보고가 들어왔어. 로렌소와 애인 제시

샤일록 : "내 딸! 아, 내 돈! 아, 내 딸년!"

커가 둘이서 곤돌라를 타고 있더라는 거야. 그뿐만 아니라 그들이 바사니오의 배에 동승하지 않았다는 걸 앤토니오도 증언했다지.

솔라니오 저 개 같은 유대인 놈이 큰길에서 온통 정신을 잃고, 기괴망측하게 성이 나서 악을 쓰며 펄펄 뛰었는데, 그런 광경을 나는 처음 봤어. "내 딸! 아, 내 돈! 아, 내 딸년! 예수쟁이와 달아났다니! 아, 예수쟁이가 가져간 내 돈! 재판이야! 법률이야! 내 돈, 내 딸년! 꽁꽁 봉인해둔 돈주머니를, 두 개의 돈주머니를, 커다란 금화들이 들어 있는데, 딸년이 훔쳐가 버렸다니! 그리고 보석도 두 개나, 값지고 귀한 보석인데, 딸년이 훔쳐가 버렸다니! 재판이야! 그년을 찾아내라! 보석도 돈도 그년이 가지고 있다고!" 이렇게 말이야.

살레리오 음, 베니스의 애들은 모두 그놈의 뒤를 졸졸 따라다니면서, 내 보석, 내 딸년, 내 돈 하고 소리를 지르고 있어.

솔라니오 앤토니오에게 약속 기일만은 꼭 지키도록 해야지. 안 지킨다면 큰코 다치게 되거든.

살레리오 음, 참, 나는 어제 어떤 프랑스인을 만나서 이야기를 나누었는데, 그의 말에 따르면 프랑스와 영국 사이의 저 해협에서 화물을 잔뜩 실은 우리나라 배가 한 척 난파당했다더군. 그 얘기에 난 앤토니오가 연상되어서 그 배가 앤토니오의 배가 아니기만 속으로 바랐지 뭐야.

솔라니오 너는 앤토니오에게 얘기해 주는 게 제일 낫지 않을까? 그러나 불쑥 얘기하지는 마라. 공연히 걱정을 끼치게 해서는 안 되니까.

살레리오 이 세상에 그렇게 착한 사람은 둘도 없어. 난 바사니오와 앤토니오가 작별하는 광경을 보았는데, 바사니오가 되도록 빨리 돌아오겠다고 하자 앤토니오는 이렇게 대꾸했어. "서두르지는 마라. 이봐, 바사니오, 나 때문에 일을 소홀히 하지는 말고 시기가 무르익

을 때까지 기다리라고. 그리고 내가 유대인에게 써준 차용 증서는 염두에 두지 마. 연애감정으로 가득 찬 네가 아닌가? 유쾌하게 마음을 먹고 전심전력으로 구혼에 힘쓰란 말이야. 그곳에서 너에게 가장 적당하다고 생각되는 사랑의 표현을 하게 되도록 마음을 쓰란 말이야." 이렇게 말하면서 두 눈에 눈물이 꽉 차게 되니까, 얼굴을 돌리고는 손을 뒤로 내밀어서 무한한 우정에 넘치는 듯 바사니오의 손을 꽉 쥐어 잡았어. 그러고 나서는 작별하더군.

솔라니오 아마 그는 오직 바사니오 때문에 세상에 사는 보람을 느끼고 있을 거야. 이봐, 우리는 같이 가서 그를 찾아낸 다음, 뭔가 위안의 말이라도 해서 그의 울적한 기분을 풀어 주도록 해보자.

살레리오 그렇게 하자. *(모두 퇴장한다.)*

2막 9장

벨몬트, 포셔의 집 홀.

하인 한 명이 휘장 앞에 서 있다. 네리사가 황급히 등장한다.

네리사 빨리요. 제발 빨리요. 빨리 휘장을 열어젖히라고요. 애라곤 왕께서 서약이 끝났으니까, 궤짝을 고르러 곧 오신단 말이에요. *(휘장이 열린다.)*

포셔, 애라곤 왕, 시종들이 등장한다.

포셔 보세요, 폐하, 저기 궤짝들이 있어요. 저의 초상화가 들어 있는 궤짝을 골라내신다면, 우리 결혼식은 즉시 거행되겠어요. 하지만 실패하신다면, 아무 말씀도 하지 마시고 곧 이곳을 떠나셔야 해요.

애라곤 왕 나는 세 가지 조건을 지키겠다고 맹세했지요! 첫째, 내가 고른 궤짝에 대해 아무에게도 말하지 않는다. 둘째, 내가 바른 궤짝을 고르지 못한 경우에는 앞으로 일평생 처녀에게 구혼을 하지 않는다. 끝으로 불행히도 선택에 실패할 경우에는 당장에 작별하고 이곳을 떠날 것이다.

포셔 이만한 조건은 보잘것없는 이 여자를 위해서 운명을 걸고 찾아오는 분은 누구나 다 맹세해야 하는 조건이에요.

애라곤 왕 물론 나도 그렇게 각오하고 있지요. 내 마음이 품은 희망에 행운이 닥치기를 빕니다! *(궤짝들을 낱낱이 조사해 보기 시작한다.)* 금과 은과 천한 납이로군. '나를 고르는 사람은 전 재산을 내어놓고 운명을 무릅쓸 것이다.' 이 궤짝의 볼품이 좀 더 아름답지 않고서야 이런 것에 누가 재산을 다 내어놓고 운명을 무릅쓴단 말이냐? 그럼 금의 궤짝은 뭐라고 말하지? 흥! 어디 보자. '나를 고르는 사람은 수많은 사람이 소망하는 것을 얻을 것이다.' 수많은 사람이 소원하는 것이라니! 이 '수많은' 사람이라는 것은 아마 어리석은 대중을 의미하는 것일 테지. 대중들이란 외관만 보고 선택하고, 바보 같은 눈이 가리키는 것밖에는 알지 못하며, 내부를 들여다보지 않거든. 그건 마치 제비가 비바람 들이치는 외벽에다, 더구나 재앙의 바로 길목에다 일부러 집을 짓는 것과 같아. 그러니까 난 수많은 사람이 소원하는 걸 고르지 않겠어. 어중이떠중이와 행동을 같이 하고 싶지도 않고, 무지 몽매한 군중과 어깨를 나란히 하고 싶지도 않으니까 말이야.

그러면 자, 은으로 만든 보물창고여, 네 위에 적힌 문구를 다시 한 번 보자. '나를 고르는 사람은 자기 신분에 합당한 것을 얻을 것이다.' 이건 좋은 문구야. 이렇다 할 실력도 없는 주제에 요행을 노리고 영예를 얻으려고 해봤자 그게 될 법이나 한가 말이야. 과분한 지위를 탐내서는 안 될 말이지. 정말이지, 신분이니 계급이니 관직은 부당한 수단으로 얻어지지 말아야 되며, 깨끗한 영예는 당사자의 실력만으로 얻어져야 할 게 아닌가! 그렇게만 되면, 맨머리로 있는 얼마나 많은 사람이 모자를 쓰게 될 것인가! 지금 남을 지배하고 있는 얼마나 많은 사람이 지배를 받게 될 것인가! 고귀한 가문의 태생 중에서도 골라내 보면 천한 농사꾼 같은 것들이 얼마나 많이 있을 것인가! 그리고 반대로, 지금 세상의 버려진 왕겨와 쓰레기 중에서도 얼마나 많이 영예로운 사람들이 골라내져서 새로운 광채를 띠게 될 것인가!

자, 이제는 나의 것을 고르자. '나를 고르는 사람은 자기 신분에 합당한 것을 얻을 것이다.' 그러면 내 신분에 합당한 것을 받기로 하자. *(은 궤짝을 잡는다.)* 자, 열쇠를 이리 주시오. 자, 당장 내 운명을 열어 볼 테요. *(궤짝을 열어 보고 깜짝 놀라 한 걸음 물러선다.)*

포셔 *(방백)* 폐하께서는 그렇게 오래 생각하셨는데 겨우 그런 게 나오다니요?

애라곤 왕 이게 뭐냐? 아니, 바보가 눈을 껌벅이면서 무슨 글이 적힌 족자를 내밀고 있는 그림이 아닌가! 어디 읽어보자. 하지만 어쩌면 이렇게도 포셔하고는 딴 판이란 말이냐! 어쩌면 이렇게도 나의 희망과 나의 가치하고는 거리가 멀단 말이냐! '나를 고르는 사람은 자기 신분에 합당한 것을 얻을 것이다.' 그래, 내 가치가 이 바보의 머리통만도 못하단 말인가? 이게 내가 받을 상이란 말인가? 내 가치가 겨우 이 정도밖에 안 된다 말인가?

포셔 잘못을 저지르는 것과 올바른 판단을 하는 것은 그 직책이 달라요. 아니, 정반대되는 성질의 것이에요.

애라곤 왕 *(종이를 펴본다.)* 어디 보자. *(읽는다.)*

'이것은 일곱 번 불에 달구어진 것이지.
판단은 일곱 번 단련되어 있어야만
틀린 선택은 결코 하지 않았을 게야.
세상에는 그림자에 키스를 하고
그림자 같은 행복만 얻는 자들이 있지.
세상에는 은*(은발)*으로 겉치레한 바보들이 있는데

이것이 또한 그 가운데 하나인 게야.
네가 어떠한 아내를 침실로 데리고 가더라도
내가 영원히 너의 머리가 될 게야.
그러니 빨리 떠나라. 너의 일은 끝났으니.'

이곳에서 망설이면 망설일수록 나는 한층 더 바보처럼 보일 테지. 구혼하러 올 때는 바보머리가 하나였지만, 떠날 때는 두 개가 되었어. 그럼 안녕히 계세요! 나는 맹세를 지키고, 분한 마음은 꾹 참아낼 거요. *(시종을 데리고 퇴장한다.)*

포셔 나방이가 촛불에 날아들어 몸을 태운 셈이야. 아, 영리한 척하는 바보들 같으니! 고를 때에는 똑똑한 척하다가 오히려 지혜를 잃고 마는 지혜나 가지고 있다니!

네리사 옛 속담에도 사형과 결혼은 운명이라잖아요. 그 말이 참으로 맞아요.

포셔 자, 네리사, 휘장을 쳐라. *(휘장을 친다.)*

하인이 등장한다.

하인 주인아가씨는 어디 계신가요?

포셔 여기 있어. 무슨 일이냐?

하인 아가씨, 대문 앞에서 지금 막 젊은 베니스 사람이 말에서 내렸는데 말이에요. 그 사람은 자기 주인이 여기 온다는 걸 미리 알리러 왔다더군요. 그리고 자기 주인의 정중한 인사 말씀 이외에도 눈에 보이는 인사, 말하자면 값진 선물들도 가지고 왔지요. 사랑의 사신 중에 저는 그 사람만큼 어울리는 사람은 처음 봤어요. 화려한

여름철이 머지않아 찾아올 것을 미리 알리는 사월의 날이 아무리 상쾌하게 찾아온다 해도 자기 주인보다 먼저 찾아온 이 사람에 비하면 어림도 없다고요.

포셔 제발 그만해 둬. 네가 있는 지혜를 모조리 짜내서 그 사람을 칭찬하는 걸 보니, 조금 있으면 그가 네 친척이라는 말이 네 입에서 나올 것만 같아. 얘, 네리사, 나가 봐라. 그토록 당당하게 이곳을 찾아온 큐피드의 전령이라면 나도 빨리 만나 보고 싶거든.

네리사 사랑의 신 큐피드여, 제발 바사니오가 오시기를 빌어요! *(모두 퇴장한다.)*

3막 1장

샤일록의 집 앞의 거리.

솔라니오와 살레리오가 등장한다.

솔라니오 그런데 거래소에서 무슨 소식이라도 있나?

살레리오 소문이 걷잡을 수 없이 퍼지고 있어. 화물을 가득 실은 앤토니오의 배가 해협에서 난파했다는 소문 말이야. 장소는 구드윈 Goodwins 사주(砂洲)라고 해. 그곳은 어찌나 험한 여울이던지 큰 배의 잔해들이 매우 많이 파묻혀 있다는 거야. 하기야 이건 뜬 소문이지. 소문쟁이 노파의 말이 정직하다고 친다면 말이야.

솔라니오 그게 제발 거짓말쟁이 노파의 말이었으면 좋겠어. 글쎄, 소문쟁이 노파가 생강을 우지끈 소리 내서 씹었다고 말해도, 또는 자기 셋째 남편이 죽어서 울었다고 말해도 아무도 그런 말은 곧이듣지 않거든. 그러나 사실 지루한 얘기라든가 평탄한 큰길을 벗어나는 식의 얘기는 일체 빼고 말이지만, 저 친절한 앤토니오가, 글쎄, 저 정직한 앤토니오가 말이야. 원, 뭐라고 불러야 그 사람 이름에 알맞은 적절한 칭호가 될까?

살레리오 　자, 끝을 맺으라고.

솔라니오 　뭐야? 뭐라고? 글쎄, 결말을 말하자면 앤토니오가 배 한 척을 잃어버렸다는 거야.

살레리오 　앤토니오의 손실이 제발 그걸로 끝났으면 좋겠어.

솔라니오 　나도 빨리 '아멘' 이라고 말해 두겠어. 내 기도가 악마의 방해를 받아선 안 되니까. 유대인의 탈을 쓴 악마가 이리 오고 있거든.

샤일록이 집에서 나온다.

솔라니오 　이봐요, 샤일록! 상인들 사이에 무슨 새 소식이라도 있어요?

샤일록 　*(돌아다보면서)* 당신들이 알지. 잘 안다고. 그 누구보다도 잘 안다 이거요. 내 딸년이 달아났다는 걸 말이오.

살레리오 　그건 사실이지요! 나도 당신 딸이 입고 날아간 날개를 만들어준 양복쟁이를 알고 있거든요.

솔라니오 　그런데 샤일록 자신도 새끼 새에 날개가 자랐다는 것쯤은 알았을 거요. 게다가 새끼 새들은 모두가 어미 새를 떠나는 게 그 천성이거든요.

샤일록 　망할 년 같으니라고.

살레리오 　악마의 눈으로 판단한다면 분명히 망할 년이지요.

샤일록 　내 혈육이 배반을 하다니!

솔라니오 　아니, 노인 양반! 원, 그 나이에도 혈육이 배반을 한다는 거요?

샤일록 　아니, 내 딸년이 내 혈육이란 뜻이라고요.

살레리오 　하지만 당신의 살과 딸의 살은 석탄과 상아보다 더 큰 차이가 있지요. 당신의 피와 딸의 피만 해도 적포도주와 백포도주 사이처럼 사돈의 팔촌이라고요. 그건 그렇고, 이봐요, 앤토니오가 해상에서 피해를 입었다는 그런 소문을 듣지는 않았나요?

샤일록 아이고, 난 또 한 번 거래를 잘못했군 그래. 파산자에다가 낭비하는 놈 같으니. 이제 거래소에는 감히 얼굴도 못 내밀게 되겠지. 거지 같은 그 자식이 요전까지도 제법 멋을 내고 시장을 드나들었지. 자기가 보증한 그 증서나 잊지 말라고 해! 그 자식은 나를 고리대금업자라고 부르고는 했지. 흥, 그 증서나 잊지 말라고 해! 그 자식은 예수쟁이의 친절을 베푼답시고 돈을 무이자로 꾸어주고는 했지. 흥, 그 증서나 잊지 말라고 해!

살레리오 그런데 앤토니오가 위약한다 해도 설마 당신은 위약의 대가로 그의 살을 받지는 않을 테지요? 그 살로 뭘 하겠다는 거요?

샤일록 물고기를 낚는 미끼로 쓰면 그만이야! 아무 쓸모가 없다 해도 그건 내 복수심을 만족시켜 줄 거야. 그 자식은 나를 모욕했고, 내가 오십만 더커트나 이익 볼 걸 방해했어. 그리고 내가 손해를 보면 조소했고, 내가 이익을 보면 조롱했어. 우리 민족을 멸시했고, 나의 거래에 훼방을 놓았지. 나의 친구들을 떼어 놓았고, 나의 원수들은 부추겼지. 도대체 이유가 뭐야? 그건 내가 유대인이기 때문이지. 그래, 유대인은 눈이 없나? 유대인은 손이, 오장이, 육체가, 감각이, 감정이, 정열이 없단 말이냐? 유대인도 똑같은 음식을 먹고 똑같은 연장에 다치며, 똑같은 병에 걸리고 똑같은 약에 나으며, 겨울에는 똑같이 춥고 여름에는 똑같이 덥지. 그런데 뭐가 예수쟁이들과 다르단 말이냐? 찔려도 우린 피가 안 난단 말인가? 간지럼을 태워도 우린 웃지 않는단 말인가? 독을 마셔도 우린 죽지 않는단 말인가? 모욕을 당해도 우린 복수하지 않는단 말인가? 다른 것들이 모두 당신들과 똑같다면, 이 일에 있어서도 우린 똑같지 않겠냐 이거야. 유대인이 그리스도교도를 모욕한 경우 그리스도교도의 관용이란 뭐겠어요? 그건 복수라고요. 그렇다면 그리스도교도가 유대인을 모욕했을 때 그리스도교도들을 본받는다면 유대인은 어떠한 인내를 해야 옳지요? 물론 복수지요. 당신들이 가르쳐 준 악행을 나도 실천할 테요. 모든 고난을 무릅쓰고라도 교훈 이상으로 철저히 실천할 거요.

하인이 등장하여 솔라니오와 살레리오에게 인사한다.

하인 두 분 어른, 저의 주인 앤토니오께서 집에 돌아오셨는데 두 분을 뵙겠다고 해요.

살레리오 우리도 그 사람을 이곳저곳 몹시도 찾아다녔어.

튜벌이 샤일록의 집으로 오고 있다.

솔라니오 유대인이 또 한 놈 오는군. 그런데 저놈을 당해낼 만한 유대인 놈은 이 세상에 없어. 악마 자신이 유대인의 탈이라도 쓰고 나타난다면 몰라도 말이야. *(솔라니오, 살레리오, 하인이 퇴장한다.)*

샤일록 이봐, 튜벌! 제노아 Genoa에서 무슨 소식이라도 가져왔어? 그래, 내 딸년은 찾아냈나?

듀벌과 함께 있는 샤일록 _ 케니 메도우스 작

튜벌 소문이 난 곳은 모조리 가보았지만 찾아낼 수는 없었어.

샤일록 아니, 저런! 저런! 내 다이아몬드 보석이 없어졌어. 프랭크퍼트 Frankfort에서 이천 더커트나 주고 산 다이아몬드 보석이라고! 우리 민족에게 이렇게 천벌이 내릴 줄이야 여태껏 난 몰랐어. 다이아몬드만 해도 이천 더커트나 되고, 이밖에도 각종 귀한 보석들이 없어졌단 말이야. 제기랄, 그년이 내 발치에서 뒈져 버려도 좋으니까 보석들이나 그년 귀에 달려 있으면 좋겠어! 내 발치에서 그년이 관에 안치되어도 좋으니까 돈이나 관 속에 들어 있으면 좋겠어! 그래, 아무 소식도 없어? 원, 손해가 설상가상이야! 도둑년을 찾아다니느라고 손해 보았지. 그리고 손해를 만회하지도 못 했고 복수도 못했지. 그리고 또 불행이란 불행은 모조리 내 어깨 위에 내려앉고, 한숨이란 한숨은 모조리 내가 쉬는 한숨이지. 눈물이란 눈물은 모조리 내 눈에서 쏟아져 나오는 눈물이라고.

튜벌 아니야. 불행한 사람은 너 이외에도 또 있어. 제노아에서 들은 얘긴데 앤토니오가 말이야.

샤일록 뭐, 아니, 뭐라고? 불행이 있었어, 불행이?

튜벌 상선이 한 척 파선했어. 트리폴리스 Tripolos에서 오는 길에.

샤일록 아이고, 고마워라, 고마워. 그게 정말이야? 정말이냐고?

튜벌 나는 그 난파선에서 살아 나온 선원들 두세 명과 만나 얘기해 봤어.

샤일록 고마워, 튜벌. 참 고소한 소식이야! 고소한 소식이고말고! 하, 하, 하! 제노아에서 들었다고?

튜벌 네 딸이 제노아에서, 글쎄, 하룻밤에 팔십 더커트를 썼다고 하더군.

샤일록 넌 내 가슴을 단검으로 찌르는 거야. 그 돈은 내 손에서 영영 사라

졌어. 팔십 더커트나 앉은자리에서 쓰다니. 팔십 더커트나 말이야!

튜벌 나는 베니스로 오는 길에 앤토니오의 채권자 몇 명과 동행했는데, 이번에 그놈은 파산을 도저히 면하지 못할 거라고 다들 그러더군.

샤일록 아이고, 정말 기쁜 소식이야. 염병할 놈, 난 그놈을 욕보여주고 혼내줄 테야. 어쨌든 기쁜 소식이구먼.

튜벌 그런데 채권자 가운데 한 사람이 나에게 반지를 하나 보여 주었어. 원숭이 한 마리를 네 딸에게 주고 얻는 거라는 거야.

샤일록 제기랄 년 같으니! 이봐, 튜벌, 나를 그만 못살게 굴라고. 그건 내 터키 옥 반지야. 내가 총각 때 리어 Leah에게서 선물로 받은 건데, 나로서는 수 천만 마리의 원숭이하고도 바꾸진 않을 물건이라고.

튜벌 그러나 앤토니오가 파산할 것만은 확실한 모양이야.

샤일록 그렇고말고. 그건 사실이야. 튜벌, 너는 가서 돈으로 관리 한 명을 매수해 둬라. 이 주일 전에 구워삶아 두는 거야. 앤토니오 놈이 위약만 해봐라. 내가 그놈의 염통을 도려내지 않을 거 같아? 그놈만 베니스에서 없어지면 나는 무슨 장사든 마음대로 할 수 있게 될

게 아닌가? 자, 튜벌, 가보라고. 그리고 나중에 우리 유대인 회당에서 만나자. 튜벌, 빨리 가보라고. 유대인 회당에서 만나는 거야. 알겠지? *(두 사람이 퇴장한다.)*

3막 2장

벨몬트. 포셔의 집 홀.

궤짝 앞의 휘장이 열려 있다. 복도에는 악대가 대기하고 있다. 바사니오, 포셔, 그래시아노, 네리사, 그밖에 시종과 하인들이 등장한다.

포셔 제발 서두르지 마시고 하루 이틀 더 계시다가 운명을 시험하세요. 잘못 고르시는 경우에 저는 당신과 작별해야만 하니까요. 그러니까 잠시만 참으세요. 연정은 아니지만, 저는 어쩐지 당신과 헤어지기가 싫은 것만 같아요. 당신도 아시다시피 미운 정은 이런 조언을 절대로 하지 않아요. 그러나 당신이 제 마음을 이해하지 못하시지나 않을까 염려하고, 그래도 처녀의 마음은 생각뿐이지 입밖에 내지는 못하지요. 그러니 저를 위해서라도 당신이 운명을 시험하시기 전에 한두 달 이곳에 머무르도록 하고 싶어요. 어느 궤짝을 고르라고 가르쳐 드릴 수도 있지만, 그러면 제가 맹세를 깨뜨리게 되니까 가르쳐드릴 수는 없어요. 그러나 내버려두면 당신이 잘못 고르실지도 몰라요. 그렇게 되면, 제가 맹세를 깨뜨렸으면 좋았을 거라고 하면서 죄 될 짓을 생각하게 될는지도 모르겠지요. 아, 당신의 두 눈이 원망스러워요. 그 눈에 사로잡혀서 제 마음은 두 조각이 났어요. 한 조각은 당신의 것이고, 다른 한 조각도 당신의 것, 아니, 제 것이긴 해도 제 것은 역시 당신의 것이니까, 결국은 모두 다 당신의 것이에요. 아, 이 망측한 세상을 좀 봐요. 소유주의 정당한 권리를 가로막다니요! 그래서 당신의 것도 당신의 것이 되지 못하고 있어요. 그렇게 되면, 제가 아니라 운명의 여신이 지옥에 떨어져야 해요. 제 말이 너무 길어졌어요. 그러나 이것도 시간에 추를 달아 시간을 길게 늘이고 질질 끌어서 당신이 궤짝 고르시는 일을 지체시키고 싶은 마음 때문이에요.

바사니오 어서 고르게 해줘요. 지금 같아선 내가 고문대에 묶여 있는 셈이거든요.

포셔 고문대라니요, 바사니오! 그렇다면 어서 자백하세요. 당신의 사랑 속에 어떠한 거짓이 섞여 있는지 말이에요.

바사니오 거짓이라니? 나는 다만 당신의 사랑을 놓치지나 않을까 하는 저 추악한 의혹 밖에는 없다고요. 내 사랑에 거짓이 있다면 흰 눈과 불 사이에도 애정과 생명이 있을 거요.

포셔 그렇지만 그 말씀은 고문대 위에서 하시는 게 아닌가요? 고문대에서 강요당하면 무슨 말이나 다 하니까요.

바사니오 나를 살려주겠다고 약속해줘요. 그러면 난 진실을 고백하지요.

포셔 자, 그러면 살려드릴 테니까 고백하세요.

바사니오 "고백하지만 사랑합니다", 이것이 나의 고백의 전부지요. 아, 내가 구원될 방법을 고문자 쪽에서 가르쳐 주시다니 이 얼마나 행복한 고문인가! 자, 이제 내 운명의 궤짝을 고르게 해줘요.

포셔 그러면 저쪽으로 가세요! 저기 어떤 궤짝 속에 제가 들어 있어요. 당신이 저를 진정으로 사랑하신다면 저를 제대로 찾아내실 테지요. 네리사, 그리고 딴 사람들도 저만큼 물러서 있어. 그리고 이분이 궤짝을 고르시는 동안 음악을 연주해라. 그래야만 실패하시는 경우 이분이 백조의 최후처럼 음악 속에 사라지실 게 아니냐? *(하인 한 사람만 지켜서고, 모두 복도로 나간다.)* 좀 더 절실한 비유를 들자면, 내 눈이 강물이 되어 이분에게 물속의 죽음의 자리가 되어 줄 게 아니냐? 이분이 성공하실지도 모르지. 그때에는 음악이 무슨 역할을 할까? 그렇지. 그때 음악은 충성스러운 백성들이 새로 등극한 임금님을 보고 경배할 때 울리는 우렁찬 나팔 소리와도 같은 게 아니겠어? 또는 결혼식 날 새벽, 꿈을 꾸는 신랑의 귓속에 살며시 찾아와서 그를 예식장으로 불러내는 저 달콤한 음악과도 같은 게 아니겠어? 이제 저분이 궤짝을 고르려고 나가시는군. 트로이 Troy 왕이 울부짖으며 바다의 괴물에게 바친 제물인 처녀를 찾으러 간 젊은 허큘리즈 Hercules에 못지않게 용감하게, 그리고 그보다 더 강한 애정을 품은 채 말이야. 나는 그 제물이고, 저기 저 여자들은 눈물에 젖은 얼굴로 이 위업의 결과를 보러 나온 다데이니어 Dardania*(트로이)*의 여인들이지요. 자, 가세요, 허큘리즈! 당신이 살아야만 저도 살아요. 승부를 겨루시는 당신보다 싸움을 구경하는 제가 마음이 훨씬 더 괴롭다고요. *(음악 소리. 그 동안 바사니오는 궤짝을 보면서 혼자 궁리한다.)*

사랑이 자라는 곳은 어디인가?
가슴속 깊은 곳인가? 머릿속인가?

어떻게 잉태되며 무엇을 먹고 자라는가?
(합창) 대답하라. 대답을 하라.
사랑이 잉태되는 곳은 사람의 눈 속이지.
바라보는 시선으로 자라지만 자기가 누워 있는
바로 그 요람에서 죽어 버리지.
사랑의 죽음을 알리는 조종을 울리자.
내가 시작할 테야. 딩, 동, 벨.
(합창) 딩, 동, 벨.

바사니오 그러니까 겉과 속이 전혀 다를 수도 있어. 세상은 언제나 허식에 속고만 있거든. 재판에서는 내용이 아무리 썩고 곪은 소송이라도 교묘한 변론으로 양념을 하면 사악의 외관이 가려지지 않는가? 종교에서는 아무리 가증할 이단설도 엄숙한 외관으로 해서 축복을 받고, 경전으로 증명이 되면 어떠한 추악함도 아름다운 허식으로 은폐되어 버리지 않는가? 매우 분명한 악덕이라도 외관만은 그럴 듯한 미덕의 특징을 가장하지 않는가? 모래로 쌓아올린 계단처럼 취약한 담력 밖에 지니지 못한 세상의 겁쟁이들도 턱에는 허큘리즈 장사나, 눈살 찌푸린 마르스 Mars 군신 같이 수염을 달고 있지만, 속을 들여다보면 간은 우유처럼 하얗기만 한 주제에 자신을 무섭게 보이려고 장사인 척 겉치레를 한단 말이야! 미인을 보더라도, 그건 저울의 무게대로 매매가 되지 않느냐 말이야. 글쎄, 여기서는 무게대로 기적이 행해지는 만큼 가장 무겁게 화장하는 여자일수록 가장 가벼운 여자란 말이야. 그렇지, 이름난 미인의 머리에서 바람과 음탕하게 희롱하고 있은 저 뱀 같은 황금색 곱슬머리칼도 알고 보면 죽은 사람의 머리의 유물이고, 그 금발의 주인

궁중 여인들

공은 해골이 되어 무덤에 누워 있는 거야. 그러니까 허식이라는 건 사람을 가장 위험한 바다로 유인하는 가짜 해안이며, 인디아 India 미인의 얼굴을 가리는 아름다운 면사포인 거야. 한 마디로 허식이라는 건 이 교활한 시대가 몸에 지닌 채 현자를 꾀어 잡는 외관만의 진실이 아닌가? 그러니까 찬란한 황금, 욕심쟁이 마이더스 Midas 왕도 주체하지 못했다는 단단한 음식인 황금아, 너는 나에게 소용이 없어. 그리고 창백한 낯으로 사람과 사람 사이에서 천한 일이나 하고 다니는 은아, 너도 역시 나에게는 소용없어. 그러나 보잘것없는 납아, 너는 희망을 약속해 주기는커녕 사람을 위협하고 있는 것만 같아도 네 솔직함이 웅변보다 더 내 마음을 움직이고 있어. 자, 이걸 고르자! 제발 기쁜 결과가 오기를! *(하인이 열쇠를 내어준다.)*

포셔 *(방백)* 온갖 의심이며, 경솔하게 품은 절망이며, 달달 떨리게 하는 공포며, 눈이 파리해지는 질투 등, 이 모든 감정이란 감정이 어찌 이렇게 공중으로 흩날려져 버린단 말인가! 아, 사랑아, 좀 진정하고, 흥분하지 마라. 기쁨의 비도 지나치지 말고 적당히 내려라. 나는 행복감을 이겨내지 못할 것만 같으니, 좀 줄어들어라. 내가 행복에 식상하면 안 되니까.

바사니오 *(납 궤짝을 연다.)* 이건 뭐냐? 아, 포셔의 초상화로군. 입신(入神)의 화필이 아니고서야 어떻게 이토록 여실하게 창조해 낼 수 있었겠는가? 눈은 움직이는가? 아니, 내 눈동자에 비쳐서 움직이는 듯이 보이는 것인가? 벌려진 이 입술은 설탕처럼 감미로운 입김에 벌려져 있어. 이렇게도 다정한 두 입술은 이처럼 향기로운 입김이라야 떼어놓을 수가 있겠지. 이 머리카락은 화가가 거미가 되어 이처럼 황금의 그물을 쳐놓았는가 보군. 거미줄에 걸려드는 모기

바사니오 : 네 솔직함이 웅변보다 더 내 마음을 움직이고 있어.

보다 더 단단히 남자의 마음을 사로잡아 놓기 위해서 말이야. 그러나 이 눈! 이것을 그린 화가의 눈은 과연 끝까지 멀쩡할 수 있었을까? 눈을 하나 그려 놓은 뒤 화가는 두 눈의 시력을 모두 빼앗기고 그림에는 더 이상 손을 대지 못하고 말았을 것만 같아. 그러나 내가 아무리 칭찬한다 해도, 칭찬의 말이 오히려 이 그림에게는 모욕이 되는 것과 마찬가지로, 이 초상화 또한 실물하고는 하늘과 땅의 차이가 있지 않은가? 여기 족자가 있군. 내 운명을 총결산한 글이 적혀 있을 족자가 말이야. *(읽는다.)*

'눈으로 고르지 않는 사람은
언제나 행복하게 옳게 고르는구나!
너는 이 행운을 만났으니
만족하고, 더 이상 새것을 찾지 마라.
네가 이제 이 행운을 기뻐하고
이 행복을 하늘의 축복으로 여긴다면,
몸을 돌려 저 여인이 있는 곳으로 가서
사랑의 키스를 하고 구혼을 하라.'

이건 친절한 글이야. *(포셔를 보며)* 아가씨, 실례지만, 그러면 이 글대로 나는 드릴 건 드리고 받을 건 받을 거요. 상대방과 상품을 놓고 겨루는 사람이 관중 앞에서 잘 싸웠다고 생각하면서도, 박수갈채와 아우성 소리에 정신이 아찔하여, 과연 폭풍 같은 칭찬이 자기를 위한 것인지 의심하면서 한참동안 어리둥절해 하는 기분, 아가씨, 지금 나는 바로 그런 기분이라고요. 아가씨의 확인과 서명과 날인이 있기 전에는 눈앞의 모든 것에 대해 나는 얼떨떨하고

바사니오 : 아가씨, 실례지만 이 글대로 나는
드릴 건 드리고 받을 건 받을 거요.
_ 리처드 웨스털 작

정신이 멍해질 뿐이지요.

포셔 바사니오 씨, 저는 당신이 보시는 바와 같은 바로 그런 여자지요. 그것도 저 혼자만을 위해서라면 이 이상 더 훌륭하게 되기를 바라지는 않겠어요. 그러나 당신을 위해서는 지금보다 이십 배의 세 배나 더 훌륭한 사람이, 천 배나 더 예쁜 여자가, 만 배나 더 부유한 부자가 되고 싶어요. 오직 당신의 높은 평가를 받고 싶어서 미덕이나 미모나 재산이나 친구에 있어서 훨씬 더 훌륭한 사람이 되기를 바라지요. 그렇지만 지금의 저로서는 모두 헤아려봐야 별 게 아니에요. 한 마디로 말씀드리면, 저는 버릇없고 교양 없고 경험도 없는 여자라고요. 하지만 다행한 것은 배우지 못할 만큼 나이를 먹지는 않았다는 거예요. 그보다 더 다행한 것은 배우지 못할 정도로 천성이 미련한 여자도 아니라는 것이지요. 그리고 무엇보다도 다행한 것은 저는 성질이 온순한 만큼 모든 것을 내맡기고 당신을 저의 주인, 지배자, 임금님으로 섬기며 당신의 지도를 받을 수 있다는 것이지요. *(키스를 한다.)* 제 자신이며, 재산이며, 이제는 모두 당신의 것이 되었어요. 이제까지는 제가 이 멋진 저택의 주인이었고 하인들의 주인이었으며 저 자신의 여왕이었지만, 지금부터는, 지금 이 순간부터는 이 집이며 하인들이며 저 자신등이 모두 저의 주인이신 당신의 것이에요! 이 반지도 함께 드리겠어요. 만일 당신이 이 반지를 손에서 멀리하시거나 잃어버리시거나 남에게 주시는 경우 저는 당신의 사랑이 깨진 증거라고 알겠어요. 그러니 그때는 저도 가만히 있지는 않겠어요.

바사니오 포셔, 나로서는 이제 더 이상 할 말이 없어요. 다만 내 혈관 속의 피만이 나의 생각을 당신에게 전달하고 있을 뿐이지요. 나의 모든 기능은 온통 혼란에 빠져 있어요. 마치 백성들의 경애를 받는 국왕이 어떤 멋진 열변을 토하고 났을 때, 기뻐서 어쩔 줄 모르는 군중 사이에서 볼 수 있는 그런 혼란과도 같지요. 글쎄, 개별적으로는 의미가 있는 말들이지만 온통 뒤범벅이 되어 있기 때문에, 표현은 되어 있었으나 잘 분간되지는 않는 기쁨의 소리일 뿐, 한낱 무의미한 소음이 되어 버리는 그런 혼란 말이지요. 그러나 이 반지가 나의 손가락에서 떠나는 그 날은 내 가슴에서 나의 생명이 떠나는 날이지요. 아, 그때는 서슴지 말고 이 바사니오가 죽었다고 말하세요.

네리사와 그래시아노가 다가온다.

네리사　　주인님, 그리고 안주인님, 저희는 지금까지 곁에 선 채 저희 소원 대로 행운이 성취되어가는 걸 지켜보고만 있었지만, 저희도 이제는 축하의 말씀을 올려야겠어요. 주인님, 그리고 안주인님, 축하합니다.

그래시아노　　바사니오, 그리고 상냥한 아가씨, 나 같은 사람이 어디 축하할 말이 있겠어요? 하지만 두 분은 마음껏 기쁨을 누리세요. 그리고 두 분이 백년해로의 가약을 맺을 때 나도 결혼을 하도록 해주세요.

바사니오　　네가 상대방만 골라놓았다면 좋다 뿐인가?

그래시아노　　고마워. 네 덕분에 나도 한 사람 골라 놓았거든. *(네리사의 손목을 잡고)* 날쌔기로는 내 눈도 네 눈에 지지 않아. 너는 아가씨를 보고 있었고 나는 하녀를 보고 있었지. 네가 사랑에 넋을 잃고 있는 동안 나 역시 그러했지. 나도 너처럼 성미가 급하거든. 너의 운명이 저기 저 궤짝들에 달려 있었다시피 사실 내 운명 역시 그랬어. 글쎄, 나는 진땀을 빼며 구애를 하여 입천장이 마를 정도로 사랑의 맹세를 해서 겨우 사랑의 약속을 이 아름다운 연인한테서 얻어낸 거야. 이 약속이 오래 갈는지는 모르겠지만, 네가 다행히도 아가씨를 맞춰냈을 경우라는 조건부로 얻어낸 거라고.

포셔　　네리사, 그게 정말이냐?

네리사　　예, 아가씨가 허락해 주신다면 그래요.

바사니오　　그리고 그래시아노, 너도 진정이겠지?

그래시아노　　진정이다마다.

바사니오　　그러면 우리의 축하연회는 너희 결혼으로 더욱 더 빛나게 될 테지.

그래시아노　　이봐, 우리는 저분들과 천 더커트를 걸고 첫 아들을 낳는 내기를 해 볼까?

네리사 아, 내기에 지실라고요?

그래시아노 그만두지. 그 무엇, 그 짓에 이기지 못한다면 내기에도 질 테니까.

로렌소, 제시카, 살레리오가 등장한다.

그래시아노 아니, 이게 누구야? 로렌소와 유대인의 딸이잖아? 아니, 그리고 베니스의 친구 살레리오가 아닌가?

바사니오 로렌소, 그리고 살레리오, 어서 와. 이 집의 주인이 된 지 얼마 안 된 내가 환영할 자격이 있는지는 모르겠지만, 어쨌든 환영해. *(포셔에게)* 포셔, 이 사람들은 나의 고향 친구들이니 환영해 줘요.

포셔 예, 저도 환영하겠어요. 참 잘 오셨어요.

로렌소 고마워요. 사실 난 너를 만나볼 계획은 아니었는데, 공교롭게도 도중에 살레리오를 만나서 그가 졸라대기에 차마 거절하지 못하고 같이 오게 됐어.

살레리오 그래. 여기에는 이유가 있어. 그런데 앤토니오가 너에게 안부를 전해 달라는 부탁이 있었지. *(편지를 바사니오에게 내어준다.)*

바사니오 내가 이 편지를 뜯어보기 전에 너는 내 친구 앤토니오의 소식을 어서 얘기해 줘,

살레리오 마음을 제외하면 그는 병이 난 게 아니야. 별고가 없지도 않아. 마음은 별 문제로 치고 말이야. 어쨌든 이 편지를 보면 그의 요즈음 형편을 알게 될 거야. *(바사니오가 편지를 뜯는다.)*

그래시아노 네리사, 저기 저 여자 손님을 좀 부탁해요. *(네리사가 제시카를 맞는다. 그래시아노는 살레리오를 맞는다.)* 자, 악수나 하자, 살레리오. 베니스의 형편은 어때? 그리고 저 무역계의 왕자 앤토니오는

어떻게 지내지? 그는 우리들의 성공을 들으면 기뻐할 거야. 우리는 지금 그리스의 제이슨 Jason처럼 황금의 양털을 얻고야 말았다고.

살레리오 글쎄, 그게 앤토니오가 잃은 황금의 양털이라면 좋겠지만 말이야. *(두 사람은 한쪽으로 물러선다.)*

포셔 바사니오의 안색이 저렇게 창백해지는 걸 보니 저 편지는 뭔가 불길한 소식을 전해주는 모양이야. 절친한 친구가 죽기라도 한 걸까? 그렇지 않고서야 멀쩡한 대장부가 세상에 어디 저렇게 기색이 달라질 수 있겠어? 아니, 점점 더 나빠지네! *(손으로 바사니오의 팔을 붙든다.)* 이거 보세요. 예. 저는 당신의 절반인 분신이에요. 그러니까 그 편지의 내용을 절반은 당연히 저도 알아야겠어요.

바사니오 아, 포셔, 여기 이 몇 마디 말, 이렇게 달갑지 않은 말이 종이에 쓰인 예는 한 번도 없었을 거요! 여보, 포셔, 처음 사랑을 고백할 때 나는 솔직히 말했지만 내 혈관 속에 흐르는 피가 나의 전 재산이었지요. 나는 신사였지요. 신사라는 것, 다만 그것뿐이었지요. 그건 정말이었어요. 재산이 무일푼이라고 했지만, 사실은 터무니없는 거짓말이었어요. 재산이 무일푼이라고 했을 때, 사실은 무일푼 그 이하라고 말했어야만 했을 거요. 사실은 나는 나의 비용을 마련하느라고 어떤 친구한테 빚을 졌거든요. 그런데 그 돈은 그 친구가 불구대천의 원수한테 빚을 낸 돈이었지요. *(음성이 갈라지며)* 자, 이 편지를 보세요. 이 종이는 내 친구의 육체라고나 할까, 한 마디 한 마디가 입을 벌린 상처처럼 생명의 피를 토하고 있어요. 그런데 사실인가, 살레리오? 앤토니오의 사업이 모조리 실패란 말인가? 그래, 하나도 성공하지 못했단 말인가? 트리폴리스에서, 멕시코와 영국에서, 리스본 Lisbon, 바바리 Barbary, 인디아

등지에서 아무 소식도 없단 말인가? 저 무서운 암초를, 그래, 그의 상선들이 단 한 척도 피하지 못했단 말인가?

살레리오 그래, 단 한 척도 피하지 못했어. 어디 그뿐인가? 지금 현금을 가지고 갚는다 해도 저 유대 놈은 받지 않을 모양이야. 사람의 탈을 쓴 놈 치고 저렇게도 잔인하게, 그리고 저렇게도 욕심 사납게 남을 해치려고 드는 자식은 처음 봤어. 글쎄, 아침저녁으로 공작에게 성가시게 졸라 대는가 하면, 정당하게 재판을 해주지 않는다면 베니스의 자유가 어디 있으냐 하고 규탄하겠다는 거야. 수많은 상인이며 공작이며 여러 명사들이 아무리 달래 봐도, 저 유대 놈은 과태료를 내라느니, 증서대로 재판을 해달라느니 버티면서 그 사악한 소송을 굽히지 않는다는 거야.

제시커 제가 집에 있을 때의 얘기지만, 아버지가 동족인 튜벌 Tubal과 츄즈 Chus에게 이렇게 맹세하고는 하는 말을 저는 들었어요. 빌려준 돈의 이십 배를 해와도 받지 않고, 기어이 앤토니오의 살을 베어 가겠다고요. 그러니 말이지만, 법률이나 세력이나 관권으로 막아내지 않으면 가없게도 앤토니오는 화를 입고 말 것만 같아요.

포셔 그렇게 궁지에 빠진 분이 당신과 절친한 친구인가요?

바사니오 제일 친한 친구지요. 마음씨가 착하고 인품이 고결하며, 그리고 남을 위한 일이라면 지칠 줄을 모르는 사람이라고요. 그 사람이야말로 이탈리아 천지에서 그 누구보다도 더 잘 고대 로마의 정신을 체득한 사람이라고 해도 좋을 거요.

포셔 유대인에게 진 빚은 얼마나 되나요?

바사니오 삼천 더커트요. 나 때문이었어요.

포셔 겨우 그것뿐인가요? 육천 더커트를 지불하고 증서를 말소시키지요. 아니, 그 두 배, 세 배를 지불해서라도 말이에요. 그러한 친구는 당신의 실수 때문에 머리카락 한 올이라도 잃게 해서는 안 돼요. 당신은 무엇보다도 먼저 성당에 가셔서 저를 아내라고 불러 주세요. 그러고 나서 당장 그 친구를 찾아 베니스로 떠나세요. 불안한 마음을 지닌 채 이 포셔 곁에 누우시면 안 되니까요. 그까짓 빚쯤 이십 배라도 갚을 만한 돈을 제가 마련해 드리겠어요. 빚을 모두 청산하신 다음 그 친구를 모시고 오세요. 그 동안 저와 네리사는 처녀나 과부처럼 지내겠어요. 자, 당신 친구들을 환영해드리고 즐거운 표정을 지으세요. 비싼 대가를 치르고 겨우 저의 것이 된 당신이니까 저는 애지중지해 드려야지요. 그러면 당신 친구가 보낸 그 편지를 좀 읽어 주세요.

바사니오 *(읽는다.)* '친애하는 바사니오, 나의 상선들은 모두 난파했고, 채권자들은 점점 더 가혹해지며 나의 형편은 극도로 악화되어 있어. 그리고 유대인에게 준 그 증서 역시 기한이 경과했지. 그 증서의 내용대로 이행된다면 나는 도저히 살아날 길이 없을 테지. 그러니 내가 생전에 한 번 너를 만나볼 수 있다면 너와 나 사이의 채무 관계는 모두 청산되는 거야. 그러나 나는 네가 너의 형편에 따라 행동해 주기를 바라겠어. 만일 너의 사정이 네가 그곳을 떠나는 것을 허락하지 않는다면 너는 이 편지에 개의치 마라.'

포셔 아, 여보, 어서 일을 마치고 곧 떠나세요.

바사니오 떠나라는 당신의 허락을 얻었으니 나는 빨리 떠나겠어요. 그러나 다녀올 때까지 나는 그 어떠한 침실에도 절대로 머무르지 않을 거요. 어떠한 휴식으로도 당신과 나의 재회를 지연시키지 않을 거요. *(모두 황급히 퇴장한다.)*

3막 3장

샤일록의 집 앞 거리.

샤일록, 솔라니오, 앤토니오, 간수가 등장한다.

샤일록 이봐, 간수, 이 자식을 조심해. 동정심 따위는 나에게 말하지 마. 이 자식은 이자 없이 돈을 마구 빌려주는 바보라고. 이봐, 간수, 이 자식을 조심하란 말이야.

앤토니오 이봐요, 샤일록 씨, 그러지 말고 내 말을 좀 들어보라고요.

샤일록 난 증서대로 할 거야. 증서에 위반되는 말은 하지도 말라니까. 난 맹세를 했어. 기어이 증서대로 하겠다고 말이야. 이유도 없이 넌 나를 개라고 했지. 그러니 내가 개라면 넌 내 이빨을 조심하란 말이야. 공작에게 기어코 재판을 해 달래야겠어. 제기랄, 망할 놈의 간수 같으니! 넌 어쩌자고 이 자식의 요청을 들어 주어서 멍청하

샤일록, 솔라니오, 앤토니오, 간수
_ 리처드 웨스털 작

게 이렇게 큰길에 데리고 나온 거야?

앤토니오 제발 내 말을 좀 들어 보라고요.

샤일록 증서대로 하겠다니까. 난 네 말을 들어 보고 싶지도 않아. 증서대로 할 테니까 입 닥쳐. 그래, 내가 그리스도교 놈들의 중재에 넘어가서, 머리를 끄덕이고 동정을 하며 한숨을 짓는 그런 멍청이 바보인 줄 알아? 따라오지 말라니까. 난 얘기하고 싶지도 않아. 증서대로만 할 거라고. *(안으로 들어가서 문을 닫아 버린다.)*

솔라니오 개새끼 같으니. 악독한 개새끼 같으니.

앤토니오 내버려둬. 아무리 애원해 봐도 소용이 없을 테니 난 이제 그만 쫓

샤일록 : 따라오지 말라니까. 난 얘기하고 싶지도 않아.

아다니겠어. 저놈에게는 내 생명이 목표야. 그 이유를 내가 모르지도 않아. 저놈한테 돈에 몰려 사정해 온 채무자들을 내가 여러 번 도와 준 일이 있었거든. 그래서 저놈은 나를 미워하는 거야.

솔라니오 공작이 설마 이런 계약 위반에 대해 유효하다는 판결을 내리실 리야 없겠지.

앤토니오 아냐. 공작도 법의 정당성을 굽히실 수는 없어. 외국인들이 이 베니스에서 가지고 있는 특권이 거부당하기만 해봐. 이 나라의 정의는 크게 의심받을 게 아닌가? 더구나 이 베니스의 무역과 이익은 여러 민족들로 구성되어 있거든. 그러니 이만 가자. 슬픔이나 손해 때문에 내가 어찌나 말랐던지, 내일 저 잔인한 채권자에게 주어야 할 일 파운드의 살조차 붙어 있는 것 같지 않아. 자, 간수, 갑시다. 내가 채무를 갚는 걸 보러 그저 바사니오나 와주었으면 좋겠어. 그러면 내가 무엇을 더 바라겠는가! *(모두 퇴장한다.)*

3막 4장

벨몬트, 포셔의 집 홀.

포셔, 네리사, 로렌소, 제시카, 포셔의 남자 하인 밸다자가 등장한다.

로렌소 부인, 이렇게 면전에서 말씀드리기는 거북하지만, 부인께서는 신성한 우정에 대해 참으로 훌륭한 생각을 가지고 계시지요. 그건 이렇게 바깥양반의 부재 시에 부인의 태도를 보면 가장 잘 알 수 있을 것 같군요. 그러나 이 호의가 누구를 위한 것이며, 당신의 구제를 받을 상대방이 얼마나 훌륭한 신사며, 그분이 바깥양반과 얼마나 친한 친구인지, 이런 일들을 아시게 된다면 부인께서도 세상의 관례적인 우의의 경우와는 달리 한층 더 자랑스럽게 생각하게 되실 거요.

포셔 저는 좋은 일을 하고 후회한 적은 없어요. 이번에도 마찬가지에요. 평소에 친하게 같이 지내는 친구란, 영혼이 우정의 한 멍에에 함께 매어져 있다고 할까, 얼굴 표정이며 태도며 장신이며 반드시 공통점이 있는 법이에요. 이런 사실로 봐도, 앤토니오라는 이 분은 제 남편의 둘도 없는 친구라고 하니까 틀림없이 제 남편과 흡사한 분이실 거예요. 만일 그렇다면, 제 생명과도 같은 남편과 흡사한 분을 지옥 같은 참혹한 지경에서 구출해 드리기 위해서 그까짓 비용쯤은 무슨 문제가 되겠어요? 그러고 보니 너무 제 자랑만 한 것 같군요. 이제 그만해 두겠어요. 그런데 딴 얘기가 있어요, 로렌소, 제 남편이 돌아오실 때까지 당신이 이 집의 가계와 단속을 좀 맡아 주세요. 저로 말하자면 하느님께 남몰래 맹세를 했지요. 제 남편과 네리사의 남편이 돌아올 때까지 저는 네리사만 데리고 가서 조용히 기도와 묵상의 나날을 보내기로 말이에요. 저는 이곳에서 이 마일 떨어진 수도원에 가서 그동안 지낼까 해요. 이 요청은 거절하지 말아 주세요. 저의 호의로 봐서나, 몇 가지 긴박한 사정으로 봐서나 말이에요.

로렌소 *(절을 하고)* 그러다 뿐인가요, 부인. 분부하시는 건 제가 뭐든지 하겠어요.

포셔 이 집 사람들은 벌써 저의 결심을 알고 있어요. 그러니까 그들은 제 남편과 저 대신에 당신과 제시커를 주인처럼 섬길 거예요. 그럼 다시 뵐 때까지 안녕히 계세요.

로렌소 부디 안녕히 잘 다녀오세요!

제시커 아씨, 부디 잘 다녀오세요.

포셔 고마워요. 당신들도 안녕히 계세요. 그럼 제시커, 잘 있어요. *(제시커와 로렌소가 퇴장한다.)* 그런데 밸다자, 넌 여태껏 충실하게 일을 보아 왔는데 앞으로도 그렇게 해 주길 부탁해. 자, 이 편지를 지닌 채 있는 힘을 다하여 빨리 패듀어로 가서 내 사촌 오빠인 벨라리오 박사에게 틀림없이 전달해라. 그리고 얘, 박사님이 서류와

파도바 대학교 _ 셰익스피어 시대의 이탈리아 판화

의복들을 주면 넌 받아가지고 곧 그 나루터, 즉 베니스로 건너가는 나루터로 급히 와라. 여러 말 할 거 없이 빨리 떠나. 나는 너보다 한 발 앞서 거기 가 있을 테니까.

밸다자 예, 아씨. 전력을 다해서 얼른 다녀오겠어요.*(밸다자가 퇴장한다.)*

포셔 얘, 네리사, 너에게는 아직 얘기를 안 했지만 내게 묘안이 있어. 우리가 남편들을 한 번 만나 보자 이거야. 물론 저쪽에는 눈치채지 않게 말이야!

네리사 눈치채지 않게 될까요?

포셔 물론이지, 네리사. 그런데 우린 변장을 해야만 돼. 글쎄 여자에게는 없는 그걸 우리도 가지고 있다고 그이들이 속아 넘어가게 말이야. 내기를 해도 좋은데, 우리가 젊은 남자의 복장을 하면 내가 더 미남으로 보일 거야. 칼을 차도 내가 더 맵시 있고 산뜻할 거야. 그리고 어른과 아이 사이의 변성기가 된 것처럼 갈대 피리 같은 음성으로 말을 하고, 걸을 때에는 두 발자국의 종종 걸음을 사내처럼 한 발자국으로 걷는단 말이야. 그뿐이냐? 멋쟁이 청년처럼 큰 소리를 탕탕 치면서 싸움 이야기도 하고, 그리고 교묘하게 거짓말도 꾸며대는 거야. 이런 거짓말을 말이야. 사실은 좋은 집안의 부인들이 사랑을 고백해 왔지만 나는 거절했지. 그랬더니 그들은 병이 나서 그만 죽고 말았지. 나로서는 어쩔 수 없는 일이었어! 그렇긴 해도 내가 잘못한 것 같아. 죽지는 않게 해줄 걸 말이야. 이런 시시한 거짓말을 한 스무 종류 쯤 늘어놓는단 말이야. 그러면 듣는 사람들은 나를 보고 학교를 나온 지 일 년은 넘었을 거라고 단정할 테지. 이런 거짓말쟁이의 실없는 장난이라면 나도 얼마든지 알고 있어. 그걸 한 번 써먹어 보자는 거야.

네리사 그렇다면 우린 남자 노릇을 하는 건가요?

포셔 그런 질문이 어디 있어? 곁에서 누군가 이상하게 해석하면 어쩌려고 말이야! 그러나 어쨌든 가자. 자세한 계획은 마차 안에서 얘기해 줄 테니까. 정문 앞에 마차가 대기하고 있어. 그러니 서둘러라. 오늘 중으로 이십 마일을 가야 하거든. *(두 사람이 황급히 퇴장한다.)*

3막 5장

포셔의 집 앞 길.

길 양쪽 둑에는 잔디가 자라 있고, 그 위에는 삼나무들이 서 있다. 란슬로트와 제시카가 이야기를 하면서 들어온다.

란슬로트 정말 그래요. 아버지의 죄는 자식이 물려받게 마련이니까요. 그러니까 정말이지만, 아가씨는 위험해요. 저는 언제나 아가씨에게 털어 놓고 말해 왔지만, 지금도 이 문제를 곰곰이 생각해서 말씀드린 거라고요. 자, 그러니까 기운을 내세요. 아가씨의 지옥행은 틀림없는 거 같으니까요. 그런데 지옥행을 피할 길이 하나 있긴 있지만, 그것도 사실은 호적에 올릴 만큼 당당한 건 못되지요.

제시카 그래, 어떤 희망 말이냐?

란슬로트 자, 아가씨는 당신 아버지가 낳은 자식이 아니기를 바라는, 그러니까 유대인의 딸이 아니기를 바라는 그런 희망 말이지요.

제시카 그런 희망이라면 분명히 호적에 못 올릴 거야. 그래서 우리 어머니의 죄도 내가 물려받게 마련이란 말이군.

란슬로트 사실 그래서 걱정이지요. 아버지 쪽으로나 어머니 쪽으로나 당신은 어차피 지옥에 떨어지게 마련이니까요. 앞문의 늑대를 피하고 나면 뒷문의 호랑이가 기다리고 있는 셈이지요. 그러니까 아가씨는 엎으나 뒤집으나 매 한가지라고요.

제시카 하지만 내 남편이 날 구원해 주실 거야. 그이는 나를 그리스도교도로 만들었거든.

란슬로트　이건 정말 한층 더 고약한 분이로군. 안 그래도 예수쟁이들은 너무 많아요. 같이 살아갈 수가 없을 만큼 수효가 많다고요. 이 위에다 또 예수쟁이들을 만들어 놓으면 돼지고기 값만 오르게 되요. 너도 나도 돼지고기를 먹게 되어 보라고요. 돈을 아무리 주어도 베이컨 한 쪽 얻어먹지 못하게 될 테니까요.

로렌소가 안에서 나온다.

제시커　얘, 네가 한 말을 난 내 남편에게 얘기할 테야. 저기 그이가 오시잖아.

로렌소　이봐, 란슬로트, 네가 그렇게 남의 마누라를 구석에 몰아놓고 있으면, 얼마 안 가서 나도 질투하게 될 거야.

제시커　아니. 여보, 그런 염려는 하실 필요가 없어요. 란슬로트 하고 지금 싸우고 있었어요. 저게 함부로 지껄인다고요. 저를 보고 유대인의 딸이니까 천당은 막혀 있다든가, 그리고 당신 보고는 유대인을 그리스도교도로 만들어서 돼지고기 값만 올라가게 해 놓았으니까 고약한 시민이라든가 말이에요.

로렌소　그거쯤이야, 저 놈이 검둥이 계집의 배를 부르게 해놓은 데 비하면 사회에 대해서 더 간단히 변명이 되지. 이봐, 란슬로트, 저 검둥이 계집이 네 아이를 배었다지?

란슬로트　그 검둥이 년의 배가 보통이 아니라면 그거 큰일 났군요. 그런데 그년이 그런 수상한 배를 갖게 되었다면, 그건 내가 생각한 것보다 더 엉뚱한 년이군요.

로렌소　바보들은 너나 할 것 없이 입심도 좋구나! 이러다가는 침묵이 영리한 사람의 미덕이 되고, 떠들어서 칭찬받는 건 앵무새뿐이겠어.

이놈아, 넌 안에 들어가서 식사 준비를 하라고 전해라.

란슬로트 먹을 준비는 다 되어 있지요. 모두 밥 들어갈 배를 준비하고 있으니까요.

로렌소 아니, 넌 입 씨름꾼이로구나! 그러면 상을 차리라고 해라.

란슬로트 상도 보아 놓았지요. 이제 식탁에 보자기만 씌우면 되지요.

로렌소 그러면 네가 그걸 씌워 주겠냐?

란슬로트 모자를 씌우라고요? 천만의 말씀이지. 이래 뵈도 저는 자기 분수쯤은 알고 있는 놈이지요.

로렌소 요거 봐라. 사사건건 시비조라니! 아니, 넌 지니고 있는 재치를 모두 단번에 털어 놓을 셈이냐? 제발 솔직한 사람의 말을 솔직한 귀로 들어줘. 넌 부엌에 가서 일러라. 식탁에 식탁보를 깔고 음식을 차려 놓으라고 말이야. 우리가 곧 식사하러 들어갈 테니까.

란슬로트 식탁은 차려 놓고 음식은 덮어놓아라, 이렇게 이르란 말씀이군요. 그런데 잡수시러 들어오시는 건 마음 내키시는 대로 하시라고요. *(란슬로트가 퇴장한다.)*

로렌소 기가 막혀. 저렇게도 세밀하게 말뜻을 구별하다니! 바보 놈이 묘한 말을 머릿속에 산더미처럼 집어넣고 있나 보군. 그런데 세상에는 저놈보다는 나으면서도, 머릿속에는 저놈처럼 뚱딴지만 들어 있고 말의 겉멋만 내느라고 내용은 무시하는 그런 바보들도 얼마든지 있거든. 기분이 어때요, 제시카? 그런데 여보, 당신 의견은 어때요? 바사니오의 부인이 도대체 당신 마음에 들어요, 안 들어요?

제시카 마음에 든다 안 든다 말할 정도가 아니라고요. 바사니오 씨는 정말 얌전한 생활을 하셔야 옳아요. 저렇게 행복한 부인을 만난 건 이 세상에서 천국의 기쁨을 발견한 것이나 마찬가지니까요. 이것에 걸맞은 생활을 하지 않는다면 도저히 천국에 가지 못할 거예요. 가령 두 신이 천상에서 어떤 승부를 가린다고 쳐요. 그리고 그 내기에는 지상의 두 여자를 건다고 쳐요. 그런데 그 중 하나가 포셔라면 다른 쪽 여자에게는 무엇인가를 더 가져다가 보태야만 할 거예요. 빈약하고 조잡한 이 세상에는 포셔에 견줄 만한 여자는 없으니까 말이에요.

로렌소 포셔가 아내로서는 그렇단 말이지. 남편감으로는 바로 그런 남편을 당신은 얻었다고요.

제시카 뭐라고요? 그거 역시 제 의견을 들어 보셔야지요.

로렌소 그건, 곧 들어 보기로 하고, 우선 들어가서 식사나 합시다.

제시카 싫어요. 제가 당신 칭찬을 하도록 내버려두세요. 저는 그쪽에 구미가 당기거든요.

로렌소 아니야. 그런 건 식사하면서 이야기 해줘요. 그렇게 하면 당신이 무슨 얘길 하든지 다른 음식들과 함께 소화될 테니까.

제시카 좋아요. 그럼 푸짐하게 칭찬해 드리겠어요. *(두 사람이 퇴장한다.)*

4막 1장

베니스의 법정.

앤토니오(간수가 지키고 있다.), 바사니오, 그래시아노, 솔라니오, 관리들, 서기들, 그리고 군중이 등장한다. 흰 옷을 입은 공작과 빨간 옷을 입은 여섯 명의 고관이 위풍당당하게 들어와서 의자에 앉는다.

공작　그런데 앤토니오는 출두했는가?

앤토니오　예, 여기 대령하고 있지요.

공작　너는 참 안 됐어. 너의 상대방이라는 자는 목석같고 비인간적인데다가 인정이라고는 티끌만큼도 없으니까 말이야.

앤토니오　공작 전하께서 저 놈의 가혹한 수단을 완화시키려고 수고가 많으셨다는 얘기는 저도 들었어요. 그러나 저 놈이 원래 완고할 뿐만 아니라 제가 합법적으로는 도저히 저 놈의 마수에서 벗어날 길이 없는 만큼, 저는 이제 상대방의 발악에는 인내심으로 대하고 그저 조용한 마음으로 저 놈의 포악함과 발광을 감수하기로 체념하고 있지요.

공작　누군가 가서 저 유대인을 불러들여라.

솔라니오　그 자는 문밖에 대령하고 있어요. 아, 지금 들어오는군요.

공작　길을 좀 비켜 줘라. 저 사람을 내 앞에 세워라. *(군중이 길을 비켜 준다. 샤일록이 공작 앞에 나아가서 절을 한다.)* 이봐, 샤일록, 네가 이 악의에 찬 태도를 고집한 것도 최후의 막다른 시간까지만 그렇게 하는 것이고, 그때가 되면 지금의 이 괴이한 잔인성과는 딴판으로, 의외로 자비와 연민을 보여 줄 거라고 세상 사람들은 생각하고 있고, 나 역시 그렇게 믿고 있지. 네가 지금은 이 불쌍한 상인의 살 일 파운드를 과료 조로 강요하고 있지만, 결국은 이 과료를 면제해 줄 뿐 아니라 인간적 우정과 애정에 감동하여 원금의 일부마저도 면제해 줄 거라고 세상 사람들은 믿고 있단 말이야. 대저 저 상인이 최근에 입은 막대한 손해를 동정의 눈으로 본다면, 무역계의 왕자라고 할 만한 사람마저도 짓눌리고 마는 손해인 만큼, 금석처럼 냉혹한 마음의 사람들까지도, 친절 따위는 전혀 배우지 못한 인정 없는 터키 사람들과 타타르 사람들까지도 지

사일록으로 분장한 18세기 배우 매클린 Charles Macklin

금 저 사람의 사정을 동정하지 않을 수가 없을 테니까. 이봐, 샤일록, 우리는 모두 너의 친절한 대답이 나오기를 기대하고 있어.

샤일록 제 생각은 이미 공작 전하께 모조리 말씀드렸지요. 그리고 증서대로 과료를 받겠다는 것도 저는 저희들의 신성한 안식일에 걸고 맹세했다고요. 그래도 전하께서 거절하신다면 전하의 특권과 이 도시의 자유가 위태로워지지 않겠어요? 제가 왜 삼천 더커트를 마다하고 일부러 더러운 살 일 파운드를 요구하는지에 대해 전하께서는 아마도 의아하게 여기실 테지요. 저는 지금 그 답변은 하지 않겠어요. 하지만 그건 제 기분이라고나 해둘까요? 이것으로 답변이 되었을까요? 가령 저희 집에 쥐 한 마리가 나와서 귀찮을 경우에 제가 일만 더커트를 던져서 그걸 독살시킨다고 쳐보세요. 어떠세요? 이만하면 납득이 되시겠어요? 세상에는 통째 구워져서 입이 딱 벌어진 돼지를 좋아하지 않는 사람들도 있는가 하면, 고양이를 보면 미치는 사람도 있으며, 콧소리 같은 자루피리 소리만 들으면 오줌을 참지 못하는 사람도 있지요. 감정의 주인공인 사람의 성미가 각자의 기호를 결정하니까 그런 거지요. 그런데 아까 그 답변에 관해 말하자면 이렇지요. 어떤 사람은 입이 벌어진 돼지를 왜 참지 못할까요? 무해하고 유익한 고양이를 왜 싫어할까요? 천으로 감싸진 자루피리 소리만 들으면 어째서 견디지 못할까요? 여기에 대한 대답으로 이러하다 할 이유를 들 수는 없지요. 다만 자기도 성이 나고 남까지 성이 나게 할 그런 창피를 도저히 피할 길이 없기 때문이라고나 할까요? 제가 앤토니오를 상대로 이렇게 밑지는 소송을 하는 것도 따지고 보면 오래 묵은 원한과 어떤 증오감 때문이지, 이밖에는 말할 수도 없고, 말하고 싶지도 않아요. 이만하면 납득이 되시나요?

바사니오 에잇, 이 인정도 없는 놈아, 그런 대답이 어디 있어? 그걸로 네 잔인한 행동의 변명이 될 줄 알아?

샤일록 나는 네 마음에 들 답변을 할 의무는 없어.

바사니오 사람들이 자기가 싫어하는 건 모두 죽여야 옳단 말이냐?

샤일록 미우면 죽이고 싶은 게 사람의 감정이 아니겠어?

바사니오 자기 마음에 안 든다고 해서 처음부터 미워할 것도 없지.

샤일록 아니, 그래, 넌 독사에게 두 번씩이나 물려도 좋단 말이냐?

앤토니오 이봐, 너도 생각해 보라고. 저런 유대인과 시비를 하느니 차라리 바닷가에 가서 만조의 밀물에게 평소의 그 높이로 내려가 달라고 요구하는 게 더 나을 거야. 늑대에게 어째서 어린양을 잡아먹고 어미 양을 울렸느냐고 따지는 게 더 나을 거야. 또한 질풍에 흔들리는 산 위의 나뭇가지에게 흔들리지 말라고, 소리를 내지 말라고 명령하는 게 더 나을 거야. 저 유대인의 마음을 부드럽게 만들려고 애를 쓰느니 차라리 가장 어려운 일을 무릅쓰는 게 더 나을 거야. 저렇게도 지독한 상대는 둘도 없으니까 말이야. 그래서 너에게 부탁하지만, 이제는 더 이상 아무런 제안도 하지 말고, 또한 아무런 손도 쓸 거 없이 아주 간단하고 편리하게 판결이 내리게 해주며, 이 유대인이 자기 목적을 달성하도록 해주기만 난 기원하겠어.

바사니오 자, 네 삼천 더커트 대신에 육천 더커트가 여기 있어.

샤일록 그 육천 더커트의 일 더커트마다 여섯 조각이 나고 그 조각마다 일 더커트가 된다고 해도 나는 받지 않겠어. 나는 증서대로만 하겠다 이거야.

공작 남을 그렇게 동정하지도 않으면서 너는 어떻게 신의 자비를 바라겠는가?

샤일록 저는 잘못이 없는 이상, 어떠한 판결이든 두렵지 않아요. 당신들 집에서는 노예를 많이 사서 나귀나 개나 노새처럼 천한 일에 혹사하고 있지요. 왜 그렇게 하는 건가요? 돈을 주고 샀으니까 그렇지요. 그런데 제가 당신들에게 이렇게 말한다면 어떠세요? 노예들을 해방시켜 당신들의 외동딸들과 결혼시켜라. 어째서 노예들에게 무거운 짐을 지워서 진땀을 빼게 하는 거냐? 노예들의 잠자리도 당신들 잠자리처럼 편안하게 해주고 그들의 식사도 구미에 맞게 해주어라. 이렇게 말한다면 당신들은 뭐라고 대답할 거요? "노예들은 우리 소유물이야." 이렇게 대답할 테지요. 저 역시 당신들에게 마찬가지로 대답할 거요. 제가 요구하는 살 일 파운드는 비싼 대가를 치른 것이니까 저의 소유물이라고 말이지요. 저는 그걸 가지겠다는 거라고요. 전하께서 그걸 거절하신다면, 이 나라의 법률은 휴지나 다름없고 베니스의 법령은 허수아비와 한가지라고요! 저는 판결을 요구해요. 어떠세요? 판결해 주시겠어요?

공작 나는 내 권한으로 이 법정을 폐정시킬 수도 있어. 하지만 이 사건의 판결을 위해 내가 초청한 석학 벨라리오 박사가 오늘 여기 도착하기로 되어 있지.

솔라니오 전하, 그 박사님의 편지를 가지고 패듀어에서 지금 막 도착한 사람이 문 밖에서 기다리고 있지요.

공작 그 편지를 이리 가져오고 그 사람도 들어오라고 해라.

바사니오 이봐, 앤토니오, 기운을 내! 이 사람아, 용기를 가다듬으라고! 네가 나 때문에 피를 한 방울이라도 흘려서야 되겠어? 차라리 나의 이 살과 피와 뼈와 그 모든 걸 저 유대인 놈에게 주고 말지.

샤일록이 허리띠에서 칼을 뺀 뒤 칼을 갈기 위해 앉는다.

바사니오 : 너는 왜 칼을 그렇게 열심히 가는 거야?

앤토니오 양으로 치면 난 양떼 가운데 병든 양이라고나 할까? 죽어야 마땅해. 과일 중에서도 가장 약한 게 제일 먼저 떨어지지. 그러니까 나를 가만히 내버려두라고. 바사니오, 너는 할 일이 있어. 더 오래 살아남아서 내 무덤에 비문이나 써줘.

네리사가 변호사의 서기 복장을 하고 등장한다.

공작 너는 패듀어의 벨라리오 박사가 보내서 왔는가?

네리사 예, 전하. 벨라리오 박사께서 전하께 안부 말씀이 계셨어요. *(편지를 내준다. 공작이 편지를 뜯어서 읽는다.)*

바사니오 너는 왜 칼을 그렇게 열심히 가는 거야?

샤일록 : 저기 저 파산자에게서 과료를
베어내려고 칼을 갈고 있지.

샤일록 저기 저 파산자에게서 과료를 베어내려고 칼을 갈고 있지.

그래시아노 이 지독한 유대인 놈아, 너는 네 신발바닥에 대고 갈고 있지만 사실은 네 영혼에 대고 갈고 있는 거야. 하지만 어떠한 연장도, 아니, 사형 집행자의 도끼도 너의 그 무서운 악의에 비하면 절반만큼도 날카롭지 못할 거야. 그래, 어떠한 애원도 네놈에게는 통하지 않는단 말이냐?

샤일록 물론이지. 네놈의 재주가 짜내는 애원으로는 아무 소용도 없어.

그래시아노 제기랄, 지옥에 떨어질 놈 같으니! 냉혹한 이 개새끼야! 너 같은 놈을 살려 두면 정의가 욕을 먹어. 네놈을 보고 있자니 내 신앙까지도 흔들린다 이거야. 피타고라스 Pythagoras가 주장했듯이 짐승의 혼이 사람의 몸속에 들어온다는 그런 생각까지 하게 된단 말이야. 네놈의 그 개 같은 근성은 원래 늑대 속에 들어 있던 것인데,

사람을 잡아먹은 죄로 늑대가 목매달려 죽을 때 그놈의 흉악한 혼이 교수대에서 도망쳐 나오는 길로 네 신체 속에 들어간 거지 뭐냐? 네가 더러운 네 어미의 뱃속에 있을 때 말이야. 그래서 네 욕심이 피에 굶주린 늑대같이 잔인한 거라고.

샤일록 그렇게 욕을 한다고 해서 증서의 도장이 지워져 없어질 줄 알아? 공연히 소리만 질러대니 네 허파만 아프겠어. 젊은이 너는 그러지를 말고 네 머리나 좀 개조하라고, 아니면, 아주 못 쓰게 부서질 거야. 난 재판을 해달라는 거야.

공작 이 편지를 보면 벨라리오 박사는 박식한 청년 박사 한 사람을 이 법정에 추천하고 있는데, 그 사람은 어디 있는가?

네리사 바로 이 근처에 와 있는데, 이 법정에 들어오게 하실 것인지에 관한 공작 전하의 의향을 대기 중이지요.

공작 들어오게 하다말다. 자, 너희 가운데 여러 명이 가서 공손히 모셔오도록 하라. *(시종 여러 명이 절을 하고 나간다.)* 그 동안에 이 법정에 있는 사람들은 벨라리오 박사의 편지 내용을 들어 보라. *(편지를 읽는다.)*

'전하께 이 서한을 올립니다. 전하의 서한을 받았을 때 저는 와병 중에 있었으며, 전하의 전령이 도착했을 때에는 마침 로마의 청년 박사 밸다자가 문병 목적으로 저를 방문하던 중이었지요. 저는 유대인과 상인 앤토니오 사이에 벌어진 소송의 내용을 밸다자 박사에게 설명했고, 우리 두 사람은 많은 참고서적을 조사했으며, 저도 의견을 밸다자 박사에게 충분히 피력한 바 있어요. 밸다자 박사의 학식은 저의 추천여부를 기다릴 필요조차 없이 박식한 바, 그 박식함을 가지고 저의 의견은 부언되고, 그는 저의 요청에 따라 저의 대리로서 전하의 요청

포셔로 분장한 19세기 여배우 테리 Ellen Terry

에 응하려고 그곳을 방문하게 되었지요. 그는 아직 연소하지 만 두뇌는 노련하니 만큼, 연령의 부족이 그에 대한 평가에 지장이 되는 일이 없기를 바라겠어요. 끝으로 전하께서 그를 환대해 주시기를 바라며, 제가 그를 추천한 이유는 머지않아 결과를 보시면 판명될 것으로 확신하고 이만 줄이겠어요.'

석학 벨라리오 박사의 서한의 내용은 지금 낭독한 바와 같아요.

포셔가 법률 박사의 복장으로 손에 책을 한 권 들고 등장한다.

공작 저 사람이 그 박사인 모양이로군. 악수합시다. 늙은 벨라리오 박사가 보낸 사람이 당신인가요?

포셔 예, 그래요.

공작 잘 오셨어요. 자리에 앉으세요. *(시종이 포셔를 공작 옆에 있는 책상으로 안내한다.)* 그런데 이 법정에서 현재 심의 중인 사건의 내용은 이미 알고 계시지요?

포셔 저는 자세한 이야기를 들었어요. 그런데 어느 쪽이 상인이고, 어느 쪽이 유대인인가요?

공작 앤토니오, 그리고 샤일록, 두 사람은 모두 앞으로 나와라. *(두 사람이 앞으로 나와서 공작에게 인사한다.)*

포셔 당신 이름이 샤일록인가요?

샤일록 예, 샤일록이지요.

포셔 당신이 요구하는 소송은 그 내용이 참으로 괴이하기는 하지만 위법성은 없으므로 베니스의 법률상으로도 당신의 소송 진행을 비난할 수는 없어요. 그런데 앤토니오, 당신의 생사에 관한 권한은 저 사람의 손에 달려 있다는 거요?

앤토니오 그런가 보군요.

포셔 증서의 정당성을 인정하는가요?

앤토니오 예, 인정하지요.

포셔 그렇다면 유대인 쪽에서 자비심을 발휘해야만 되겠군요.

샤일록 자비심을 발휘해야만 되겠다니요? 어디 그 이유 좀 들어 봅시다.

포셔 자비라는 건 강요될 성질의 것이 아니며, 하늘에서 이 지상에 내리는 자비로운 비와도 같은 것이지요. 자비는 이중의 혜택을 가지고 있어요. 우선은 자비를 베푸는 사람에게 혜택이 돌아가고, 자비를 받는 사람에게도 또한 혜택이 있는 거요. 자비야말로 최고 권력자가 지니는 가장 위대한 미덕이라고 할 것이며, 군주를 더욱 군주답게 만드는 것은 왕관보다도 이 자비심이다 이거요. 군주가

가진 홀(笏)은 지상의 권력의 상징이자 위엄의 표식으로서, 군주에 대한 두려움과 공포를 의미할 뿐이지요. 그러나 자비는 이 홀의 지배를 초월하여 군주의 가슴속의 옥좌에 앉아 있지요. 말하자면 자비는 하느님의 속성인 거요. 따라서 자비를 가지고 정의를 부드럽게 할 때 지상의 권력은 신의 권력에 가장 가까워지는 것이지요. 그러니까 이봐요, 유대인, 당신의 주장이 비록 정의에 의거한 것이기는 하지만, 생각해 보세요. 누구나 정의만 추구한다면 인간은 한 사람도 구원받지 못할 거요. 우리는 하느님께 자비를 기원하지만, 이 기원은 곧 우리들 상호간에 자비를 베풀라고 가르치고 있는 거요. 내가 이렇게까지 말을 한 것은 정의에 대한 당신의 주장을 완화시켜 보자는 것이지만, 당신이 굳이 정의를 추구하겠다고 한다면 베니스의 엄격한 법정은 여기 이 상인에게 불리한 판결을 내릴 수밖에 도리가 없지요.

샤일록 저는 제 행동의 결과를 감수할 테요! 어서 재판을 해주세요. 저는 증서대로 위약 조의 과료를 받을 테요.

포셔 이 상인은 채무의 금액을 지불할 능력이 없는가요?

바사니오 아니지요. 지금 제가 대신 지불하겠어요. 두 배를, 아니, 그걸로 부족하다면 열 배를 지불하겠는데, 내 손과 머리와 심장을 담보로 해도 좋아요. 만일 그걸로도 부족하다면 이건 악의가 진실을 밀어내는 게 분명해요. *(무릎을 꿇고 양 손을 쳐든다.)* 아, 재판관님, 당신 직권으로 한 번만 법을 굽혀 주세요. 대의를 위해 약간은 부정을 해서라도 이 잔인한 악마 놈의 요구를 막아 주세요.

포셔 그건 안 될 말이에요. 이 베니스의 어떠한 권력을 가지고도 확정돼 있는 법령을 변경할 수는 없는 일이라고요. 그런 일을 하면 전례가 되고, 그러한 전례 때문에 허다한 잘못이 발생하여 국가의 화근이 될 거요. 그러니 그건 도저히 안 될 말이지요.

샤일록 과연 명판관이시군요! 다니엘 Daniel과 같은 명판관이라고요! *(포셔의 옷자락에 키스한다.)* 나이는 젊지만 참으로 현명하고 훌륭한 재판관이시군요.

포셔 그러면 어디 그 증서를 좀 봅시다.

샤일록 *(자기 가슴에서 냉큼 증서를 꺼내며)* 이거예요. 훌륭하신 박사님, 자, 읽어보세요.

포셔 *(증서를 받아들며)* 이봐요, 샤일록, 상대방은 당신에게 이 금액의 세 배를 지불하겠다지요?

샤일록 저는 맹세, 맹세, 하늘에 맹세를 했지요. 어찌 제 영혼이 위증죄를 범하게 할 수 있겠어요? 베니스를 전부 준다 해도 저는 싫다고요.

포셔 *(증서를 조사해 본다.)* 이 증서의 기한은 지켜지지 않았군요. 그러니까 유대인은 이 증서에 명시된 대로 당연히 살 일 파운드를 이 상인의 심장에 가장 가까운 곳에서 베어낼 권리를 요구할 수가 있군요. 당신은 자비심을 발휘하여 세 배의 돈을 받고, 내가 이 증서는 찢어버리도록 합시다.

샤일록 증서를 찢는 건 증서대로 채무가 이행된 다음에 하세요. 보아하니 당신은 참 훌륭한 재판관 같아요. 법률에도 밝고 해석도 지극히 온당하지요. 당신은 법률의 훌륭한 기둥이지요. 저는 법에 따라 부탁하겠어요. 어서 판결을 해주세요. 저는 저의 영혼에 걸고 맹세하지만 어느 누구의 말도 제 마음을 돌이키게 하지는 못해요. 어서 증서대로 해주시기를 바라겠어요.

앤토니오 저도 간절히 바라지요. 어서 판결을 내려주세요.

포셔 정 그렇다면, 자, 당신은 저 사람의 칼을 가슴에 받을 각오를 하세요.

샤일록 과연 명판관이로구나! 젊은 분이 어쩌면 이렇게도 훌륭하단 말인가!

포셔 그 이유는 이 증서에 명시된 과료가 법의 취지와 목적으로 보아 충분히 정당하기 때문이지요.

샤일록 과연 그래요. 어쩌면 이렇게도 현명하고 공정하단 말인가! 겉보기와는 달리 어쩌면 이렇게도 성숙하단 말인가!

포셔 그러니까 상인은 가슴을 드러내놓으세요.

샤일록 예, 가슴이지요. 증서에 그렇게 씌어 있거든요. 안 그래요, 재판관님? '심장에 가장 가까운 곳에서.' 바로 이렇게 적혀 있다고요.

포셔 사실 그래요. 그러면 살의 무게를 잴 저울은 준비되었나요?

샤일록 예, 여기 있어요. *(옷의 앞자락을 젖히고 저울을 꺼낸다.)*

포셔 그러면 샤일록, 당신의 비용 부담으로 의사를 불러 와요. 이 상인이 출혈이 심해서 죽으면 안 되니까. 그의 상처를 치료하기 위해서 의사를 불러오라고요.

포셔 : 그러면 샤일록, 당신의
비용 부담으로 의사를 불러 와요.

샤일록	증서에 그렇게 명시되어 있나요? *(증서를 달라고 해서 자세히 들여다본다.)*
포셔	명시된 건 아니지만, 그렇게 하는 게 어떻겠어요? 그만한 자비쯤은 베풀어도 좋을 거예요.
샤일록	그런 말은 보이지 않아요. 증서에 없다고요. *(증서를 포셔에게 다시 준다.)*
포셔	이봐요, 상인, 뭔가 할 말은 없나요?
앤토니오	별로 없어요. 이봐, 바사니오, 나하고 악수하자. 잘 있어! 너 때문

안토니오 : 이봐, 바사니오, 나하고 악수하자. 잘 있어!
_ 로버트 스머크 작

에 내가 이렇게 됐다고 해서 슬퍼하지는 마라. 이래봬도 운명의 여신은 그녀의 관례보다 더 친절한 셈이거든. 일반적인 경우라면 거지꼴이 된 사람을 그대로 살려 놓고 푹 꺼진 눈과 주름진 낯으로 말년의 고생을 맛보게 할 텐데, 내 경우는 그렇게 오래오래 고생을 하는 벌은 모면하게 해준 거라고. *(둘이 포옹한다.)* 부인에게 내 안부를 전해 줘. 이 앤토니오의 최후의 과정을 전해 달라고. 내가 너를 얼마나 사랑했는지 말해 주고, 내가 죽은 뒤 나에 관해 좋게 전해 줘. 그리고 그 이야기가 끝나거든 부인에게 물어 보라고. 바사니오 너에게도 진실한 친구가 있었는지 없었는지를 말이야.

네가 친구를 잃은 것을 슬퍼해 주기만 한다면, 나는 네 부채를 갚는 걸 조금도 슬퍼하지 않을 거야. 저 유대인이 칼을 푹 찔러 넣어 주기만 한다면 나는 당장 내 심장을 모조리 바쳐서 채무를 청산할 결심이니까 말이야.

바사니오 이봐, 앤토니오, 내가 얻은 아내는 나에게 목숨과 똑같이 소중한 사람이야. 그러나 그 목숨도, 아내도, 아니, 이 세상도 나에게는 너의 목숨보다 더 소중하지는 못해. 나는 모든 걸 잃어도 좋으니까, 아니, 이 모든 걸 여기 이 악마에게 제물로 바쳐도 좋으니까, 너의 목숨만은 구해내고 싶어.

포셔 이봐요, 당신 부인이 곁에서 그 말을 듣는다면 그리 달갑게 여기지는 않을 거요.

그래시아노 저도 아내를 얻었지요. 그야 물론 제가 사랑하지만, 아내가 천당에 가서 저 개 같은 유대인 놈의 마음씨가 돌아서도록 하느님께 빌어 주었으면 좋겠어요

네리사 그런 말은 당신 부인이 없는 데나 가서 하세요. 공연히 가정불화나 일으키지 말고.

샤일록 *(방백)* 그리스도교도인 남편 놈들은 다 저렇다니까! 나도 딸자식을 가졌지만, 그리스도교도 놈보다는 바라바 Barabba 같은 강도 놈의 후손이 그년의 남편이 되는 게 차라리 나을 게야! *(큰 소리로)* 이건 공연한 시간 낭비라고요. 얼른 판결이나 해주세요.

포셔 저 상인의 살 일 파운드는 당신 거요. 이것은 이 법정이 용인하고 국법이 부여하는 거요.

샤일록 과연 공정한 재판관이로군요!

포셔 그러니 당신은 이 상인의 가슴에서 살 일 파운드를 베어내야만 해요. 이것은 국법이 허락하고 이 법정이 재정하는 거요.

포셔의 판결 _ P. J. 드 루테르베르그 작

사일록 과연 유식한 재판관이야! 판결이 났어! 자, 각오해라. *(칼을 빼들고 앞으로 나온다.)*

포셔 잠깐 기다려요! 더 할 말이 있거든요. 이 증서에는 단 한 방울의 피도 당신에게 준다고 되어 있지 않아요. 여기 쓰인 말은 분명히 '살 일 파운드' 거든요. 자, 증서대로 살 일 파운드를 떼어 가지세요. 그러나 베어낼 때 만약 그리스도교도의 피를 한 방울이라도 흘리는 날이면, 당신의 토지와 재산은 베니스의 국법에 따라 이 베니스 공화국에 몰수당할 거요.

그래시아노 참으로 공평한 재판관이야! 이 유대인 놈아, 들었어? 참으로 유식한 재판관이야!

사일록 그게 법률인가요?

포셔 *(법률책을 펴 보이며)* 자, 당신 눈으로 법률 조문을 보세요. 당신은 정의를 주장하니 당신이 요구하는 것 이상의 엄정한 정의를 차지하게 해주겠다 이거요.

그래시아노 과연 박식한 재판관이야! 유대인 놈아, 들었어? 박식한 재판관이야!

샤일록 그러면 저는 아까 그 말대로 하겠으니, 증서의 금액의 세 배를 저에게 지불해주고 저 그리스교도는 석방해 주세요.

바사니오 자, 돈은 여기 있어.

포셔 가만히 있어요! 유대인에게는 오직 정의대로 해주겠어요. 가만히 있어요! 서두르지 말라고요. 그에게는 증서대로 과료 이외는 아무

샤일록 : 증서의 금액의 세 배를 저에게 지불해주고 저 그리스교도는 석방해 주세요.

것도 줄 수 없으니까.

그래시아노　봐라, 이 유대인 놈아! 참으로 공정하고 박식한 재판관이다 이거야!

포셔　그러니까, 자, 살을 베어낼 준비를 하세요. 피는 한 방울도 흘려서는 안 되지요. 살은 정확하게 일 파운드만 베어내야지, 많아도 적어도 안 되지요. 일 파운드보다 많거나 적거나 할 경우에는, 설령 그것이 한 푼중(分重)의 이십 분의 일이라는 근소한 차이라 해도, 아니, 머리카락 한 올의 무게의 차이로 저울이 기울기만 해도 당신은 사형에 처해질 것이고, 전 재산은 몰수될 거요.

그래시아노　이봐, 유대인 놈아, 저분은 과연 제2의 다니엘이야! 다니엘과 같은 명판관이라고! 이교도 놈아, 이젠 맛이 어떠냐?

포셔　유대인은 과료를 받지 않고 왜 망설이고 있는 거요?

샤일록　제가 원금만 돌려받고 가도록 해 주세요.

바사니오　여기 있어. 자, 받아라.

포셔　저 사람은 그걸 공공연히 법정에서 거절하지 않았던가요? 그러니까 정의와 증서대로 해주면 되는 거예요.

그래시아노　정말 다니엘 같은 분이야. 제 2의 다니엘이라고! 유대인 놈아, 나에게 좋은 말을 가르쳐 줘서 고마워.

샤일록　원금만이라도 지불받을 수는 없을까요?

포셔　당신은 위약금 이외에는 아무 것도 받을 수 없어요. 그것도 죽음의 위험을 무릅쓰고 받아야 하는 거요.

샤일록　에잇, 제기랄, 멋대로 하세요! 저는 더 이상 문답할 것도 없다고요.

포셔　유대인, 가만히 있어요. 당신은 법의 적용을 한 가지 더 받을 일이 있거든요. *(책을 읽는다.)* 이 베니스의 법률에 의하면, 만일 외국인이 간접적 또는 직접적인 수단으로 베니스 시민의 생명을 위협

포셔 : 당신은 사형에 처해질 것이고, 전 재산은 몰수될 거요.

한 범죄 사실이 명백한 경우에는 범인의 재산의 절반은 피해자가 될 뻔한 피고의 소유가 되고, 나머지 절반은 몰수되어 국고에 귀속되는 거요. 동시에 범인의 생명은 오직 공작 전하의 재량에만 맡겨지고 타인은 일체 간섭을 할 수가 없지요. *(책을 덮는다.)* 원고는 지금 자신이 그와 같은 처지에 놓여있다는 걸 아는가요? 그 이유를 말하자면, 원고는 직접적으로나 간접적으로나 피고인의 생명 자체를 위협했다는 것이 명백한 증거에 의하여 분명하고, 따라서 본관이 이미 서술한 바와 같은 위험한 처지에 놓여 있기 때문이지요. 그러니까 원고는 무릎을 꿇고 공작 전하의 자비를 바라야 마땅한 거요.

그래시아노 네 손으로 스스로 목매달아 죽게 해달라고 간청이나 해봐라. 하지만 네 재산이 국가에 몰수당하면 네 목을 맬 밧줄인들 살 돈이 어디 있겠어? 그러니까 너는 역시 국가의 비용으로 교수를 당할 수밖에 없어.

공작 우리의 정신이 얼마나 다른지 너에게 보여 주기 위해서 나는 원고의 요청도 있기 전에 그의 목숨을 용서해 주겠어. 다만 원고의 재산의 절반은 앤토니오의 소유가 되며 나머지 절반은 마땅히 국고 수입으로 귀속될 터이지만, 원고가 잘못을 뉘우친다면, 감면해 주고 그 대신 벌금만 과하겠어.

포셔 예, 국고 수입에 귀속될 부분에 한해서는 그럴 수 있지요. 그러나 앤토니오의 소유가 될 부분은 문제가 다르지요.

샤일록 아니에요. 내 생명이고 뭐고 모조리 가져가 버리세요. 감면은 필요 없다고요. 집을 받치는 기둥을 빼어가 버리면 집 전체를 빼앗아가는 거나 한 가지가 아닌가 이 말이에요. 나의 생계를 유지하는 수단인 재산을 빼앗아간다면 내 목숨을 빼앗아가는 거나 한 가

샤일록 : 제가 이만 물러가도록 해 주세요.
_ 존 길버트 작

지가 아니냐 이거요.

포셔 앤토니오, 당신은 어느 정도로 자비를 베풀 수가 있지요?

그래시아노 목을 매 죽을 밧줄이나 하나 그냥 주고, 그밖에는 저 유대인 놈에게 제발 아무것도 주지 마라.

앤토니오 공작 전하, 그리고 이 법정의 여러분, 저 사람의 재산의 절반에 대한 벌금도 면제해 주신다면 저는 만족하겠어요. 그리고 나머지 절반의 재산은 제가 관리하고 있다가 최근에 저 사람의 딸을 훔쳐낸 신사에게 훗날 양도해 주는 것에 대해 저 사람이 승인해 주기를 바라지요. 이밖에 다른 두 가지 조건으로 말하자면, 첫째는 이러한 혜택에 대한 보답으로 저 사람이 즉시 그리스도교도로 개종할 것, 둘째는 저 사람이 사후에 자기의 유산 전체를 딸과 사위 로렌소에게 양도한다는 증서를 이 법정에서 작성하라는 것인데, 저는 이 두 가지 조건을 요청하겠어요.

공작 유대인은 그렇게 하라. 유대인이 그렇게 하지 않는다면 나는 내가 이미 한 말을 전부 취소할 테야.

포셔 유대인은 만족하는가요? 어때요?

샤일록 만족해요.

포셔 *(네리사에게)* 그러면 서기, 재산양도의 증서를 작성하라.

샤일록 제가 이만 물러가도록 해 주세요. 기분이 좀 언짢거든요. 증서는 나중에 보내 주시면 제가 서명해드리겠어요.

공작 그러면 가보도록 해라. 그러나 서명은 반드시 해야만 해.

그래시아노 네가 그리스도교도의 세례를 받으려면 대부 두 명이 있어야 해. 그러나 내가 재판관이라면 열 명을 더 불러 배심원으로 삼아서 너 같은 놈은 세례반(洗禮盤)에 데려가지 않고 교수대에 끌고 가겠어. *(샤일록이 아우성 속을 허청허청 퇴장한다.)*

공작 *(일어선다.)* 나의 저택에 가서 식사나 같이 합시다.

포셔 아니, 죄송하지만 용서해 주세요. 저는 오늘밤 안에 패듀어에 돌아가 봐야 하기 때문에 지금 곧 떠나야 되겠거든요.

공작 그렇게 시간이 없다니 참 섭섭하군요. *(단상에서 내려오면서)* 앤토니오는 이분에게 충분히 답례를 해라. 어쨌든 큰 신세를 졌으니까. *(공작, 고관들, 시종들이 퇴장한다. 법정이 폐정된다.)*

바사니오 참으로 고마워요. 오늘 박사님 덕택에 저와 제 친구는 무서운 과료의 형벌을 면하게 되었거든요. 그 은혜에 보답하는 뜻에서 삼천 더커트를 드리겠어요. 유대인에게 지불할 것이었는데, 약소하지만 박사님의 수고에 대한 성의니까 받아 주세요.

앤토니오 물론 이보다 더 성심을 다해 당신에게 영원히 은혜에 보답해야 된

다고 나는 생각해요.

포셔 마음의 만족을 느끼면 그것으로 충분히 보답된 거예요. 나는 당신들을 구제할 수 있어서 만족해요. 그러니 이걸로 보답은 충분히 받았다고 생각하지요. 나는 처음부터 그 이상의 보수를 바란 적은 없는 사람이라고요. *(인사를 하고 지나가면서)* 훗날 다시 만났을 때 나를 몰라보지는 말아 주세요. 그럼 안녕히 계세요. 이만 실례하겠어요.

바사니오 *(황급히 뒤를 따라가면서)* 제가 실례를 무릅쓰고 억지로 떼를 쓰겠는데, 보수라고는 생각하지 마시고 그저 성의의 표시로, 어떤 기념품 정도라도 받아 주세요. 두 가지 요청을 허락해 주세요. 첫째, 제 말씀을 거절하지 마시고, 둘째, 저의 실례를 용서해 주세요.

포셔 *(문 앞에서 멈추어 서면서)* 그렇게까지 말씀하시니 기꺼이 받겠어요. *(앤토니오를 보고)* 그러면 당신 장갑을 주세요, 기념으로 하겠어요. *(바사니오를 보고)* 그리고 당신의 기념으로는 그 반지를 받겠어요. 그렇게 손을 뒤로 빼진 말아요. 그 이상은 받지 않겠어요. 당신으로서도 성의의 표시로 거절은 하지 않을 테지요?

바사니오 아니, 이 반지는 사실은 변변치 못한 것이라서 창피하게 이런 걸 드리고 싶지는 않아요.

포셔 그러나 그것이 아니면 저는 받지 않겠어요. 어쩐지 그게 제 마음에 드는걸요.

바사니오 사실은 이 반지는 가격이 문제가 아니라 좀 더 깊은 사정이 있거든요. 베니스에서 가장 값진 반지를 드리겠어요. 광고를 해서 찾아내지요. 이 반지만은 제발 용서해 주세요.

포셔 아니, 당신은 말로만 저를 환대하는가 보군요. 처음에는 제게 구걸할 것을 가르쳐 주었지요. 그런데 이제 내가 생각해보니, 구걸하는 거지는 어떤 대접을 받는지 가르쳐 주는 것 같아요.

바사니오 사실 이 반지는 제 아내한테서 받은 건데, 아내는 제 손에 이걸 끼워 주면서 제게 이런 맹세를 하도록 했어요. 절대로 팔거나, 누구에게 주거나, 잃거나 하지 않겠다는 맹세 말이에요.

포셔 주기가 아까울 때는 누구나 그런 구실을 내세우는 법이에요. 그러나 당신 부인이 실성한 여자가 아니라면, 그리고 제가 이 반지를 받을 만하다는 사실을 알게 된다면, 제가 이걸 가진다고 해서 당신 부인이 언제까지나 원망하지는 않을 것 같아요. 그러면 모두 안녕히 계세요! *(포셔와 네리사가 퇴장한다.)*

앤토니오 이봐, 바사니오, 그 반지를 주라고. 네 아내의 명령도 명령이지만 저분의 공로와 나의 우정도 좀 생각해 달란 말이야.

바사니오 이봐, 그래시아노! 빨리 쫓아가서 이 반지를 전해 드려. 그리고 될 수 있으면 그분을 앤토니오의 집에 모시고 와. 자, 빨리 가봐. *(그래시아노가 황급히 퇴장한다.)* 자, 우리도 곧 네 집에 가보자. 그리고 내일 아침 일찍 급히 벨몬트로 떠나자. 자, 가보자고, 앤토니오. *(모두 퇴장한다.)*

4막 2장

베니스의 법정 앞의 길.

포셔와 네리사가 법정에서 나온다.

포셔 　*(증서를 내주면서)* 이봐, 유대인 집을 찾아가서 이 증서를 주고 서명을 받아와라. 우린 오늘밤에 떠나서 남편들보다 하루 먼저 집에 가 있어야만 해. 이 증서를 보면 로렌소가 얼마나 기뻐할까!

그래시아노가 법정에서 뛰어나온다.

그래시아노 　선생님, 마침 잘 만났어요. 사실 바사니오 씨는 이런저런 생각하신 끝에 이 반지를 보내면서 저녁을 같이 들자고 선생님을 초대하시겠다고 했어요.

포 셔 　저녁 식사는 안 되겠지만 반지는 대단히 고맙게 받는다고 전해 줘요. 그리고 수고스럽지만 이 청년을 샤일록 노인의 집으로 좀 안내해주세요.

포셔 : 자, 어서 가봐. 내가 기다리는 곳은 알지?

그래시아노 예, 그렇게 하지요.

네리사 여보세요, 잠깐 드릴 말이 있는데요. *(포셔에게 방백)* 저도 제 남편의 반지를 빼앗아 보겠어요! 죽을 때까지 지니고 있도록 맹세를 시켜 놓은 반지지만.

포 셔 *(네리사에게 방백)* 넌 틀림없이 뺏어낼 수 있을 거야. 그들이 반지를 다른 남자에게 주었다고 맹세를 늘어놓겠지만, 나중에 그들을 면목 없게 만들고 실토하게 하자고. 자, 어서 가봐. 내가 기다리는 곳은 알지?

네리사 *(그래시아노에게)* 자, 그럼 그 집으로 안내해 주시겠어요? *(모두 퇴장한다.)*

벨몬트, 포셔의 집 앞길.

여름 밤. 달이 떠 있고 구름이 흘러가고 있다. 로렌소와 제시카가 나무 밑을 조용히 걷고 있다.

로렌소 달이 밝기도 하군. 트로일러스 Troilus가 트로이 Troy의 성벽에 올라가서 그날 밤 미녀 크레시더 Cressid가 자고 있는 그리스의 천막을 보고 영혼의 탄식을 지은 건 이런 밤, 상쾌한 바람은 나무들에게 정답게 키스하고 나무들은 소리도 내지 않던 이런 밤이 아니었을까?

제시카 티스비 Thisbe가 무서워하며 이슬을 밟고 가서, 애인을 보기 전에 사자의 그림자에 겁을 먹고 달아난 건 이런 밤이었을 거예요.

로렌소 여왕 다이도 Dido가 버들가지를 들고 거친 바닷가에 선 채 애인 이니어스 Aeneas를 다시 카르타고 Carthage로 돌아오게 하려고 손짓을 한 건 이런 밤이었지.

제시카　이런 밤에 효부 미디어 Medea는 불로초를 캐서 늙은 시아버지 이선 Aeson을 다시 젊게 했던 거라고요.

로렌소　이런 밤에 제시카는 돈 많은 유대인 아버지의 집을 몰래 빠져나와 건달 같은 애인과 함께 베니스를 버리고 멀고먼 벨몬트까지 도망쳐 왔던 거야.

제시카　이런 밤에 로렌소라는 젊은이는 깊이깊이 애인을 사랑한다고 철석같은 맹세로 여자의 마음을 빼앗아갔지만, 알고 보니 모조리 거짓말이었다고요.

로렌소　이런 밤에 저 귀염둥이 제시카는 말괄량이처럼 마구 애인에게 욕했지만, 남자는 다 용서를 했지.

로렌소와 제시카

제시카 '이런 밤'을 들먹이는 경쟁이라면 나도 얼마든지 해 볼 수 있어요. 그러나 누가 와요. 보세요, 사람의 발걸음 소리가 들려요.

스테파노가 달려온다.

로렌소 조용한 밤에 그렇게 달려오는 사람은 누구요?

스테파노 친구지요.

로렌소 친구라니! 누구의 친구라는 거요? 이봐, 그럼 이름을 대라고.

스테파노 제 이름은 스테파노예요. 소식을 가져왔어요. 저의 안주인께서 먼동이 트기 전에 벨몬트에 도착하신다고요. 그녀는 이곳저곳의 거룩한 십자가 앞을 지나오면서 무릎을 꿇고 행복한 결혼 생활을 빌고 계시지요.

로렌소 누구하고 같이 오시는데?

스테파노 동행으로는 은둔 수도자 한 분과 하녀 이외에는 아무도 없어요. 그런데 저의 주인께서는 아직 안 돌아오셨나요?

로렌소 : 달이 밝기도 하군. _ W. 호지스 작

로렌소	아직 안 돌아오셨어. 그리고 아무 소식도 없어. 그런데 이봐, 제시카, 우린 안으로 들어가서 이집의 안주인을 맞이할 준비를 격식대로 하자고.

란슬로트가 멀리서 부르는 소리가 들린다.

란슬로트	어이, 어이! 오, 야! 어이, 어이!
로렌소	누가 부르는 거요?
란슬로트	*(나무 사이로 달려오면서)* 어이! 로렌소 씨 안 계신가요? 로렌소 씨는 어디 있어요? 어이, 어이!
로렌소	이 사람아, 소리는 좀 그만 질러. 여기 있어.

란슬로트 어이! 어디지요? 어디냐고요?

로렌소 여기라니까!

란슬로트 로렌소 씨에게 좀 전해 주세요. 제 주인님으로부터 속달이 왔다고요. 기쁜 소식을 뿔 나팔 속에 잔뜩 담아가지고 말이에요. 제 주인님이 아침까지는 돌아오신다는 거라고요. *(퇴장한다.)*

로렌소 이봐, 제시커, 우린 들어가서 주인 부부가 돌아오는 걸 기다리자고. 아니야, 그럴 건 없어. 들어가면 뭘 하겠어? 이봐, 스테파노, 넌 안에 들어가서 좀 일러 줘. 안주인이 곧 돌아오신다고 말이야. 그리고 악대도 좀 밖으로 내보내주고. *(스테파노가 안으로 들어간다.)* 달빛은 이 둑에서 참으로 유쾌하게 잠을 자고 있구나! 자, 우리는 여기 앉아서 흘러나오는 음악 소리나 들어 보자고. 이 밤의 고요함과 평온함에는 감미로운 화음의 음조(音調)가 어울리지. *(앉는다.)* 앉아요. 제시커. 저걸 봐. 넓은 하늘에는 황금 접시들이 온통 깔려 있는 것만 같아. 저기 보이는 아무리 작은 별도 궤도를 돌며 천사같이 노래를 하지 않는 건 없지. 눈이 맑은 아기 천사들에게 언제나 소리를 맞추어서 말이야. 불멸의 영혼 속에는 모두 저런 화음이 있는 거라고. 그러나 그 영혼은 썩고 말 이 진흙 같은 살에 싸여 있어서 그런 화음이 우리 귀에는 들리지 않지. *(악대가 살그머니 안에서 나와서 나무 사이에 자리를 잡는다. 그대로 열어 놓고 나온 문에서 불빛이 새어 나온다.)* 자, 그럼, 찬미의 음악으로 달의 여신이 밤샘을 하도록 하라! 가장 오묘한 음악의 가락을 안주인의 귀에 보내서 그녀가 그 소리에 끌려 집으로 돌아오도록 하라.*(음악이 퍼진다.)*

제시커 저는 즐거운 음악만 들으면 웬일인지 슬퍼져요.

로렌소 그건 당신이 정신을 너무나 긴장시키기 때문이야. 글쎄, 보라고.

사납게 뛰노는 가축 떼나 길들여지지 않은 어린 망아지들은 미친 듯이 마구 뛰며 마구 울어 대고 하잖아. 그건 곧 피가 끓기 때문이야. 하지만 나팔 소리를 듣거나 어떤 음악 소리가 귀에 들리기만 하면 그것들은 일제히 멈춰서고, 그 사나운 눈까지도 온순한 눈초리로 변하고 말지. 이것이 상쾌한 음악의 힘이라고. 그러기에 악성(樂聖) 오퓨스 Orpheus는 나무와 돌은 물론 강물까지 끌어당겼다고 옛 시인이 전하고 있어. 글쎄 아무리 목석같이 완고하고 광포한 사람이라 해도 음악에는 일시적이나마 감동하지 않는 사람은 없으니까 말이야. 마음속에 음악이 없는 사람, 감미로운 음악의 조화에 감동하지 않는 사람, 그런 사람은 배신, 음모, 강도짓 밖에는 못할 사람이지. 그리고 그의 정신 작용은 밤처럼 활기가 없고, 감정은 황천처럼 컴컴한 사람이야. 그런 사람은 믿지 못할 사람이지. 자, 음악에 귀를 기울여 봐.

포셔와 네리사가 길을 천천히 걸어 올라온다.

포셔　저기 저 불빛은 우리 집 홀의 불빛이야. 저렇게 작은 촛불이 어쩌면 이렇게 멀리까지 비쳐 오다니! 험악한 세상에선 착한 행동도 꼭 저렇게 빛날 거야.

네리사　달이 밝았을 때에는 저 촛불도 보이지 않았어요.

포셔　큰 영광이 작은 영광을 희미하게 하는 것도 그와 마찬가지야. 왕이 없을 때에는 대리자도 왕처럼 빛나 보이지만, 왕이 나타나면 대리자의 위엄은 사라지게 마련이지. 육지의 개천 물도 대양(大洋)에 삼켜지고 말잖아. 아니, 음악 소리라니! 들어봐!

네리사　안주인님 댁의 음악이에요.

포셔 좋은 것도 역시 뭐든지 환경 나름이야. 음악이 낮에 듣기보다 훨씬 더 아름답게 들리는 것만 같거든.

네리사 조용해서 그런 게 아닐까요?

포셔 곁에 아무도 없다면 까마귀 울음소리도 종달새 노래처럼 아름답지 뭐냐? 그리고 소쩍새라도 대낮에 거위 떼가 떠드는 가운데 노래해서는 굴뚝새보다 나을 게 없어. 모든 것은 때와 장소가 갖추어져야만 정당하게 칭찬받고 충분히 인정되게 마련이거든. 쉿, 조용히 해! 달은 아름다운 연인 엔디미온 Endymion을 품고 자는지, 깨워 봐도 일어날 것 같지가 않아.

로렌소 내가 잘못 들은 게 아니라면 저건 틀림없이 안주인의 목소리야.

포셔 내 목소리가 흉해서 로렌소는 장님이 뻐꾹새를 알아보듯이 날 알아보는군,

로렌소 안주인님, 안녕히 다녀오셨어요?

포셔 우리는 남편들이 무사하길 빌고 왔지만, 제발 기도의 효험이 나타나 줬으면 좋겠어요. 그래, 그분들은 돌아오셨나요?

로렌소 아직 안 돌아오셨어요. 그러나 아까 사람이 와서 그분들이 곧 도착하신다는 기별은 있었지요.

포셔 얘, 네리사, 너는 안으로 들어가서 하인들에게 지시해라. 우리가 집을 비운 걸 조금도 내색하지 말라고 말이야. 그리고 로렌소도 내색하지 말아요. 제시카도 물론이고. *(나팔 소리. 멀리 길에서 사람 소리가 난다.)*

로렌소 주인님이 돌아오시는군요. 나팔 소리가 나잖아요. 우리가 입을 놀리지는 않을 테니까 안주인님은 염려하지 마세요.

포셔 오늘 밤은 병든 대낮 같기만 해. 어째 좀 파리하다고. 해가 숨으면 대낮이 이럴 거야.

바사니오가 안토니오를 포셔에게 소개한다. _ 케니 메도우스 작

바사니오, 앤토니오, 그래시아노, 그리고 종자들이 등장한다.

바사니오 해가 없어도 당신만 이렇게 걸어 다니면 우리에게는 지구 저편의 대낮같이 밝아요.

포셔 제가 밝게 하는 역할은 좋지만 혹시라도 경박한 여자가 되어서는 안 되지요. 아내가 경박하면 남편은 침울해진다고 하니까요. 저는 당신에게 그렇게 해주고 싶지 않아요. 하지만 다 하느님의 의향에 달렸어요. 어쨌든 무사히 잘 다녀오셨어요! *(그래시아노와 네리사가 한쪽으로 가서 이야기한다.)*

바사니오 고마워요. 내 친구를 좀 환영해 줘요. 이 사람이 내가 무한히 신세를 지고 있는 앤토니오지요.

포셔 어느 모로 보든 당신이 신세를 지셨고말고요. 듣자하니 이분은 당신 때문에 많은 짐을 지셨다고 하니까요.

앤토니오 짐이라야 이제는 무사히 다 청산됐어요.

포셔 참으로 잘 와주셨어요. 그러나 환영은 말보다 다른 방법으로 표시해야 되니까 말로 하는 인사는 그만해 두겠어요.

그래시아노 *(네리사에게)* 저기 저 달에 걸고 맹세하지만, 당신은 나에게 너무하는군. 정말이지 그 반지는 재판관의 서기에게 주었다니까 그래. 그걸 그렇게까지 당신이 분하게 여긴다면, 제기랄, 난 그걸 받은 사람이 고자라면 좋겠어.

포셔 아, 벌써 싸움이로군! 무슨 일로 그래요?

그래시아노 글쎄, 하찮은 금반지 하나 때문인데요. 저 사람이 나에게 선물한 것이지요. 그런데 그 제명(題銘)이란 칼 장사가 칼에다 새기는 따위의 것으로 '날 사랑하고, 그리고 날 버리지 마세요.' 라고 하는 거지요.

네리사 제명이니 값이니 하는 건 왜 들먹이는 거예요? 그걸 받을 때 당신은 맹세하지 않았어요? 죽을 때까지 지니고 있겠다고, 그리고 죽으면 그걸 지니고 무덤에 묻히겠다고 말이에요. 저를 위해서는 고사하고 당신의 그 열렬한 맹세를 위해서라도 좀 소중히 끼고 있어야 하잖아요. 재판관의 서기에게 주었다니! 쳇, 하느님께서는 아시겠지만, 그따위 서기는 평생토록 얼굴에 수염 하나 나지 않을 사람이 아닐까요?

그래시아노 아니야, 이제 어른이 되면 수염은 날 거야.

네리사 그럴 테지요. 여자가 나이를 먹어 사내로 변한다면 말이에요.

그래시아노 아니야, 내 손에 걸고 맹세하지만, 어떤 청년에게 줬다니까 그래.

아직 앳되고 꼬마 같은 소년이야. 당신보다 키가 크지 않을 거야. 이 재판관의 서기란 사람은, 아니, 그 애는 어찌나 재잘대고 사례로 반지를 달라는지 말이야. 그만 어디 차마 거절할 수가 있었어야지.

포셔 솔직히 말하지만 그건 당신 잘못이에요. 당신 아내의 첫 선물을 그렇게 손쉽게 내어주다니요. 더욱이 맹세에 맹세를 거듭하여 당신 손가락에 끼게 된 것이잖아요. 그리고 정성의 못으로 당신 살에 박아 놓은 것이잖아요. 나도 남편에게 반지를 하나 선물했고, 절대로 남에게 내어주지 않겠다는 맹세를 받아 놓았어요. 여기 제 남편이 계시지만, 천하의 보배를 다 받는다 해도 저분은 그 반지를 내어주거나 손가락에서 빼내버리거나 하지는 절대로 않으실 거예요. 이봐요, 그래시아노, 당신은 부인에게 너무 했어요. 나 같으면 그런 일을 당하면 미쳐버릴 것만 같아요.

바사니오 *(방백)* 에잇, 차라리 내 왼손을 잘라내 버리고, 그리고 반지를 지키려고 했으나 헛일이었다고 말해주는 게 날 거야.

그래시아노 바사니오도 자기 반지를 내주었다고요. 재판관이 졸라대는 바람에 말이에요. 그야 그 재판관은 반지를 받을 만했어요. 그러자 서기라는 그 소년 또한 내 걸 달라고 졸라대지 않았겠어요? 그야 그 애는 기록을 하느라고 애를 썼는데 내 반지를 달라고 졸라댔다 이거예요. 어쨌든 재판관과 서기는 다른 것은 모두 거절하고 오로지 반지만 요구했다고요.

포셔 여보, 당신은 무슨 반지를 주었나요? 설마 제가 선물한 그 반지는 아닐 테지요?

바사니오 실수에다 거짓말을 덧붙여도 괜찮다면 아니라고 부정해보겠지만, 이거 봐요, 내 손가락에서 반지는 없어졌어요. 내어주어 버렸지요.

포셔 허위에 찬 당신의 마음에는 그와 똑같이 진실도 비어 있을 거예요. *(포셔가 돌아선다.)* 하늘에 걸고 맹세하지만 그 반지를 다시 보게 되기 전에는 저는 당신하고 같이 자지 않을 거라고요.

네리사 *(그래시아노에게)* 저도 반지를 다시 보게 되기 전에는 당신을 보지 않겠어요.

바사니오 이봐요, 포셔, 내가 그 반지를 누구에게 주었는지, 그리고 무엇 때문에 주었는지, 또 얼마나 마지못해 주었는지 말이야. 글쎄 그 반지 이외에는 다른 어떠한 것도 마다했으니까 말이야. 그런 사정만 알게 되면 당신도 그렇게까지 분하게 여기지는 않을 거요.

포셔 그 반지의 가치를, 그 반지를 선물한 여자의 절반의 가치를, 그리고 당신의 명예를 위해서라도 그 반지를 끼고 있어야 한다는 걸 알고 계셨더라면, 그 반지를 그렇게 쉽게 내어주어 버리지는 않으셨을 거예요. 당신이 굳이 반대만 하셨다면, 염치도 없게 남의 기념품을 달라고 억지로 졸라대는 그런 사람이 세상에 어디 있겠어요? 네리사의 말이 옳아요. 정말이지 그 반지는 어떤 여자에게 주신 거지요?

바사니오 천만에. 내 명예에 걸고, 그리고 내 영혼에 걸고 맹세하지만, 그건 여자가 아니라 법학 박사인데, 삼천 더커트를 준다 해도 그분은 거절하고 반지만 요구했어. 한 번은 내가 거절을 했더니 그분은 매우 괘씸해하는 눈치였지. 그분은 바로 내 친구의 생명을 건져 준 사람이라고. 그러니 이봐요. 내가 뭐라고 말해야 좋을까? 글쎄 할 수 없이 사람을 시켜서 반지를 보냈지. 창피하고 미안해서 혼이 났어요. 명예 상으로 봐서도 배은망덕하다는 오명을 입고 싶지는 않았으니까. 그러니 용서해 줘. 이 밤의 저 거룩한 촛불들(星辰)에 걸고 맹세하지만, 당신이 그 자리에 있었더라면 당신이 먼

앤토니오, 제시카, 포셔, 로렌소, 네리사 _ 토머스 로윈스키 작

저 내 반지를 달래 가지고 그 훌륭한 박사님에게 주었을 거야.

포셔 그렇다면 그 박사가 우리 집 근처에는 절대로 얼씬도 하지 못하게 하세요. 제가 아끼고 아낀 반지를, 그리고 당신도 저를 위해 언제까지나 끼고 있겠다고 맹세한 반지를 지금 그분이 가지고 있으니까, 저도 당신처럼 싹싹한 마음이 되어 제 것이라면 뭐든지, 이 육체와 당신의 침실까지도 그분에게는 거절하지 않게 될 것 같으니까 말이에요. 그분하고는 어쩐지 제 마음이 꼭 맞을 것만 같아요. 그러니까 당신은 하룻밤도 집을 비우지 마시고, 눈이 백 개 달린 장사 아르고스 Argos처럼 저를 잘 감시하셔야만 해요. 만일 그렇지 않고 저를 혼자 내버려두신다면, 아직은 깨끗한 제 정조에 걸고 말하지만, 저는 그 박사와 같이 자겠어요.

네리사 저도 그 서기와 같이 잘 거예요. 그러니 여보, 당신도 저를 혼자 내버려두지 않도록 조심하라고요.

그래시아노 잘 테면 자라고. 그러나 그 자가 내 손에 안 잡히게 해야 되지. 그 젊은 서기 녀석, 잡혀만 봐라. 내가 그 놈의 펜대를 가만히 둘 거 같아?

앤토니오 불행히도 내가 이 모든 싸움의 원인이로군요.

포셔 아니에요. 그런 염려는 마세요. 어쨌든 당신은 잘 오셨어요.

바사니오 포셔, 내가 잘못했어. 부득이 그렇게 된 거니까 용서해 줘. 이렇게 친구들이 듣는 데서 맹세하지만, 아니, 나를 비추어 보여 주는 당신의 아름다운 눈에 걸고 맹세하지만 말이야.

포셔 저런 소릴 하다니요! 제 눈은 두 개니까 저의 눈에 비추어지는 당신도 둘이 아니겠어요? 한 눈에 하나씩 말이에요. 그러니까 두 갈래의 마음에나 걸고 맹세하세요. 그래야 신용 있는 맹세가 되지 않겠어요?

바사니오 그러지 말고 내 말 좀 들어 봐. 이번만 용서해 주면, 나도 내 영혼에 걸고 맹세하지만 다시는 서약을 깨뜨리지 않을 테니까.

앤토니오 나는 저 사람의 행복을 위해서 내 몸을 저당까지 잡힌 일이 있어요. 그런데 부인의 남편인 저 사람의 반지를 가져간 박사의 힘이 없었더라면, 내 몸은 물론 파멸되고 말았을 거요. 그러니 내가 한 번 더 책임을 지겠지만, 더욱이 이번에는 내 영혼을 담보로 하고 책임을 지겠는데, 이 집 주인은 다시는 고의로 맹세를 깨뜨리지는 않을 거요.

포셔 그렇다면 당신이 보증을 서세요. *(자기 손가락에서 반지를 빼서)* 이걸 저이에게 드리세요. 그리고 요전 것보다 좀 더 잘 간수하라

고 일러 주세요.

앤토니오 자, 바사니오, 이 반지를 잘 간수하겠다고 맹세해라.

바사니오 맙소사, 이건 내가 박사에게 드린 바로 그 반지로군, 그래!

포셔 저는 그 박사에게서 얻었어요. 여보, 바사니오, 미안해요. 이 반지에 걸고 말하지만, 저는 그 박사하고 같이 잤단 말이에요.

네리사 *(자기 반지를 보이면서)* 여보, 그래시아노, 저도 미안해요, 저도 간밤에 박사의 서기라는 그 꼬마 청년과 같이 잤어요. 이 반지를 얻은 답례로 말이에요.

그래시아노 아니, 이래서야 한여름에 신작로를 보수하는 격이 아니겠어? 멀쩡한 신작로를 말이야. 그래, 영문도 모르게 오쟁이를 진다는 거야?

포셔 그렇게 상스러운 말은 하지 말아요. 다들 놀라셨을 거예요. 자, 이 편지, 틈 나시거든 읽어보세요. 패듀어의 벨라리오님에게서 온 편지예요. 편지를 보면 아시겠지만, 이 포셔가 박사였고, 저 네리사가 서기였다고요. 이 로렌소도 증인이지만, 저는 곧 뒤따라 이곳을 떠났다가 이제 막 돌아오는 길이에요. 아직 안에도 안 들어가

봤어요. 앤토니오 씨, 잘 오셨어요. 당신이 상상도 못하실 만큼 좋은 소식을 제가 가지고 있어요. 자, 이 편지를 빨리 뜯어보세요. 뜻밖에도 당신의 상선이 세 척이나 상품을 가득 실은 채 입항했다는 거예요. 이 편지가 어떻게 우연히 제 손에 들어왔는지 그 경위는 묻지 말아 주세요.

앤토니오 내 말문이 딱 막혀 버리다니!

바사니오 아니, 그래, 당신이 박사였는데 내가 몰라 봤다는 거야?

그래시아노 그래, 나를 오쟁이를 지게 할 서기가 바로 당신이었어?

네리사 그래요. 하지만 그 서기가 그런 짓은 절대로 하지 않을 테니까 안심하세요. 성장해서 아주 사내가 되어 버린다면 모르지만.

바사니오 여보, 박사, 이젠 나하고 같이 자자고. 그러나 내가 없을 때에는 내 아내와 같이 자도 좋아.

앤토니오 부인, 부인 덕택에 나는 생명과 재산을 도로 찾았어요. 이 편지를 보니 확실히 내 배들은 무사히 입항한 것 같거든요.

포셔 그런데 이봐요, 로렌소. 저 서기가 당신에게도 좋은 소식을 가지고 왔어요.

네리사 그래요, 그리고 이번엔 사례도 없이 그냥 드리겠어요. 자, 이것 받으세요. 당신과 제시커에게 부자 유대인이 유산 전부를 사후에 양도한다는 특별 양도 증서예요.

로렌소 두 분 아씨님, 이건 굶주린 사람 앞에 달콤한 이슬을 내려주는 셈이라고요.

포셔 벌써 새벽녘이 됐나 봐요. 하지만 여러분께서는 이번 일의 경위를 좀 더 충분히 듣고 싶으실 거예요. 이젠 안으로 들어가시지요. 그리고 우리를 심문하세요. 뭐든지 정직하게 답변해 드릴 테니까.

그래시아노 그렇게 합시다. 그러면 내가 우선 나의 네리사에게 맹세를 시키고 심문해 보겠는데, 어차피 내일 밤까지 참을 것인지 또는 그냥 곧 자러 갈 것인지, 어느 쪽인가? 그런데 아직도 두어 시간이 있어야 날이 밝아질 것 같군. 그러나 그냥 자러 갈 경우는 날이 새더라도 컴컴해지기를 나는 원할 거요. 박사의 서기와 함께 계속해서 자고 싶어서 말이에요. 그건 그렇고, 앞으로 일생 동안 다른 염려는 없겠지만, 다만 네리사의 저 동그란 그것을 내가 잘 지켜낼 수 있을는지 이것이 걱정이라고요. *(모두 퇴장한다.)*

행복한 남녀 한 쌍

셰익스피어 인물 소개

셰익스피어의 생애

우리가 알고 있는 셰익스피어의 생애는 그의 작품 세계와도 일치한다. 현실적 사고방식에 근거한 그의 천재적인 상상은 낭만적인 환상보다 월등히 높은 차원을 날고 있다. 일리저베드 시대의 전기관(傳記觀)으로 보든지, 또는 당시 극작가의 미천한 사회적 위치라는 점에서 보든지, 셰익스피어는 비교적 놀라울 만큼 풍부한 전기의 자료를 남겨두고 있다. 첫째 교회나 관공서, 궁정 등에 남아 있는 기록, 둘째 동시대인들이 셰익스피어에 대해서 언급한 기록, 셋째 지금까지 전해져 내려온 전설 등이다. 하지만 무엇보다도 그의 작품이 가장 주요한 자료가 될 것이다. 이것은 다른 작가들의 경우처럼 작품 안에 자서전적인 요소가 들어있다는 뜻이 아니라, 그의 작품 전체를 일관하여 흐르고 있는 셰익스피어의 정신. 또는 그의 내면적인 상(橡)을 작품에서 가장 잘 나타내고 있다는 뜻이다.

유년시대

윌리엄 셰익스피어는 1564년 4월 26일 스트래트퍼드 온에이븐 교회에서 세례를 받았다. 당시 세례에 얽힌 사항들로 미루어 볼 때 그의 탄생 날짜는 23일로 추측되고 있다. 그의 죽음의 날짜 또한 공교롭게도 1616년 4월 23일이었다. 그의 아버지 존 셰익스피어는 다른 고장에서 이사를 와서 이 고장에서 잡화상, 푸주, 양모상 등을 경영하여 부유해졌다. 사회적 지위도 시의 재무관과 시장까지 지낸 바 있었다. 그의 아버지는 부(富)와 출세를 겸한 인물로, 슬하에 자녀를 여덟 명이나 두었다. 그 셋째가 윌리엄 셰익스피어이다. 그의 교육과정은 고장 그래머 스쿨을 채 끝마치지 못한 채 오학년 과정에서 중퇴했다고 추측하고 있다. 셰익스피어가 그래머 스쿨조차 모두 마치지 못한 이유는 집안 형편이 어려워 진 탓으로 본다. 시인 벤 존슨은 후일 셰익스피어를 가리켜 '라틴어를 겨우 조금 알고, 그리스어는 거의 모르는 사람' 이라고 평한 바 있다. 그러나 셰익스피어는 문법학교에서 익힌 라틴어를 토대로 라틴의 고전들을 충분히 읽어낼 만큼 총명하고 민첩한 두뇌의 소유자였다.

셰익스피어의 아버지 존은 시장 시절에 서명(署名)을 클로버 잎으로 대신했다고 한다. 그것은 그가 무학(無學)이었던 탓이라고 보는 학자들도 있지만, 아무튼 그의 경력은 여러 가지로 드라마틱하다. 그의 가문의 쇠퇴는 당시 국내의 격동하는 정치 정세 때문일 것이라는 설이 있다. 존은 경건한 가톨릭 신자였다. 그러던 것이 헨리 8세가 성공회(聖公會)를 내세워 종교개혁을 하는 바람에 가톨릭교도는 타격을 받지 않을 수 없게 되었다. 아마 가정의 이러한 몰락에 자극받아 출세를 위해 셰익스피어는 런던으로 상경했을지도 모른다. 이러한 이유로 부모의 신앙과 관련하여 셰익스피어 개인의 신앙은 과연 가톨릭이었겠느냐, 신교이었겠느냐, 무신론자였겠느냐 하는 논쟁이 자연히 열을 띠게 되었다.

이 고장에는 대학에 진학한 자제들이며 대학 출신의 지식인들도 상당수 있었다. 셰익스피어는 문법학교를 중퇴하게 되자, 어느 변호사의 법률 사무소 서기로 취직했다고 보는 견해가 있다. 머리가 명석한 셰익스피어는 아마 이 서기 시절에 법률 서적을 맹렬히 읽었을 것이다. 예민한 관찰력과 정확한 판단력을 가지고 그는 인위적인 법률의 부조리를 간파했을는지도 모른다. 후일 그의 사극이나 비극에서 전개되는 권력 투쟁의 세계는 이미 이 무렵부터 어렴풋이 그의 뇌리에 어른거렸을는지도 모른다. ≪헨리 6세≫ 제2부에서 재크 케이드 일당의 폭도들은 "법률가를 죽여 버려라!" 고 외친다. 이 시골 도시의 장서를 가지고는 셰익스피어의 독서열은 도저히 충족될 수 없는 일이었겠지만, 그래도 그는 ≪성서≫, 홀린세드의 ≪사기(史記)≫, ≪오비드≫ 등의 라틴 고전 문학에 접할 수 있었을 것이다. 셰익스피어는 한 번 읽은 것은 차곡차곡 뇌리에 축적해 두었다가 필요할 때는 누에가 실을 뽑아내듯이 독서에서 얻은 지식을 언제든지 재생해낼 수 있는 비상한 머리를 가진 사람이었다.

결혼생활

셰익스피어는 1582년 11월 28일 스트래트퍼드의 서쪽 약 1마일 지점에 있는 쇼터리 마을의 지체 있는 한 부농(富農)의 딸인 앤 해서웨이와 결혼했다. 그때 그는 열여덟 살, 신부는 여덟 살 위인 스물여섯이었다. 결혼한 지 5개월 후인 1583년 5월 23일에 큰딸 스잔나가 태어났고, 1585년 2월에는 쌍둥이가 태어났다. 장남 함네트와 둘째 딸 주디스다. 셰익스피어의 결혼생활에 대한 기록은 여기서 일단 중단되어 있다. 셰익스피어의 결혼에 대해서는 논쟁이 분분하지만 이들 부부의 결혼생활은 부자연스럽기보다도 자연스러운 듯싶다. 대개 젊은 청년이 연상의 여성을 사랑할 때 불행으로 끝나게 마련이지만 이 결혼은 성취된 것이다. 로미오와 줄리엣의 경우처럼 풋내기 젊은 남녀의 불꽃이나 유성같이 눈 깜박할 사이에 사라져 버리고 마는 사랑이 오히려 부자연스러운지도 모른다. 로미오와 줄리엣의 사랑은 셰익스피어와 앤과의 현실적인 사랑의 역설인지도 모른다. 대개 남성은 그 심층 심리에 모성에 대한 영원한 동경을 간직하고 있다고 한다. 햄릿의 경우가 아마 그러하다 하겠다. 예술적인 천재를 지닌 셰익스피어는 이 본능에 있어서 또한 남달리 강렬했음을 보여 주고 있다. 셰익스피어의 결혼생활이 불행했으리라고 논증하는 학자들이 더러 있지만, 반드시 그렇지만은 않았을 것이다.

그후 1592년, 당시의 대(大)극작가 로버트 그린이 한 푼 없이 비참하게 여인숙에서 죽어 가면서 동료에게 보낸 서한에 다음과 같은 구절이 있다. '우리의 깃으로 단장을 한 한 마리의 까마귀 새끼가 벼락출세를 해가지고, 당신네들 누구에 못지않게 무운시(無韻詩)를 잘할 수 있다고 망상하고 있다. 그뿐 아니라 그자는 온통 자기만이 천하를 셰익 신(振動 shake-scene)케 하고 있는 듯 몽상하고 있다.' 이 구절 중 천하를 진동시킨다는 뜻으로 쓰여진 셰익 신은 셰익스피어의 이름자와 관련된 풍자인 것으로 해석되고 있다. 이 글은 갑자기 런던에 혜성같이 나타나서 연극계를 주름잡기 시작한 초기 셰익스피어의 모습이 엿보이지만, 그는 이렇듯 런던에서 비우호적으로 받아들여졌던 것이다.

그러면 고향에서 기록이 중단된 후, 그린의 이 서한이 나오기까지 약 7년간 그는 대체 어디서 무엇을 했을까? 여기서는 각가지 전설적인 얘기며 추측 등이 전해져 내려오고 있다. 스트래트퍼드의 귀족 루시 경의 숲에서 밀렵(密獵)한 죄로 벌을 받자 셰익스피어는 루시 경을 풍자하는 시구의 방(榜)을 내 붙였다가 끝내는 고향에 있지 못하게 되었다든가, 잠시 이웃 마을의 어느 귀족의 집에서 가정교사를 했을 것이라든가, 이 고장에 찾아온 순회공연 극단을 따라 런던으로 상경했으리라든가….

런던의 연극계에 발을 들여 놓은 셰익스피어는 직책의 선택 여부가 있을 수 없었다. 그는 우선 〈레스터 백작 소속 극단〉에 취직하여 처음에는 관객이 타고 온 말을 보관하는 말지기 역할을 맡아 보았다. ≪맥베드≫에서 밤중 문지기의 훌륭한 대사는 이 시절의 생생한 체험이었는지도 모른다. 그러나 이 무렵 그는 직책은 비록 말지기였으나 극단의 일원으로 가끔 극에 관여할 기회가 있었다. 그는 그런 기회를 잘 이용하여 재능을 인정받아 배우로 등용되었다. 그러나 배우로서의 셰익스피어는 그리 뛰어나지 못했던 것 같다. 후일에도 ≪햄릿≫의 유령 역이나 ≪뜻대로 하세요≫의 애덤 노인 역 등 단역으로 출연했다고 전해진다.

셰익스피어는 극단 전속 작가가 되었다. 당시 극단 전속 작가란 대개 타인의 인기 있는 작품을 개작이나 하는 직책이었다. 일종의 표절이었다. 그러나 당시에는 표절판이 가능할 정도로 판권이 보장되어 있지 않았기 때문에, 타인의 작품을 아무런 구애도 없이 어떠한 형태로든지 개작할 수 있었다.

런던에 상경한 셰익스피어는 〈레스터 백작 소속 극단〉에 발을 들여놓은 후로 이윽고 〈스트레인지 남작 소속 극단〉, 〈궁내 대신 소속 극단〉, 〈국왕 소속 극단〉 등의 일원으로 '극장(劇場 The Theatre)' 에서 활동하게 된다. 극장은 런던 시 외곽 북쪽 변두리에 1576년에 세워진 건물이다. 셰익스피어가 소속한 극단은 1599년부터 런던 시의 남쪽 템즈강 건너에 세워진 〈글로브 극장〉에서 활동하게 된다.

그린의 비우호적인 1592년의 기록과는 달리, 1598년 프랜시스 미어즈라는 젊은 학자는 ≪지식의 보고(寶庫)≫라는 책자에서 셰익스피어의 몇몇 극을 관람한 사실을 들어 격찬을 아끼지 않고 있다. 그가 관람했다는 극 중에는 다음 작품들이 열거되어 있다. ≪베로나의 두 신사≫, ≪착오 희극≫, ≪사랑의 헛수고≫, ≪사랑의 수고의 보람(이것은 셰익스피어의 어느 극을 두고 말한 것인지 알 수 없다)≫, ≪한여름 밤의 꿈≫, ≪베니스의 상인≫, ≪리처드 2세≫, ≪리처드 3세≫, ≪헨리 4세≫, ≪존 왕≫, ≪타이터스 앤드로니커스≫, ≪로미오와 줄리엣≫ 등. 이 기록으로 보아 셰익스피어는 초기에 이미 사극, 희극, 비극에 모조리 손을 댄 것이 된다.

그가 최초로 제작한 사극 ≪헨리 6세≫ 제 1, 2, 3부(1590~1592)와 ≪리처드 3세≫(1592~1593), 이 네 편의 사극은 하나의 체계를 이루고, 왕권을 에워싼 귀족들의 갈등에 의한 질서와 무질서의 대립이 빚어내는 국가의 혼란과 불안, 권불십년(權不十年), 인과응보 등의 외적인 양상이 추구되고 있다. 이 시기의 단 한 편의 비극인 ≪타이터스 앤드로니커스≫(1593~1594)는 당시 유행이던 유혈복수의 비극에 있어서도 토머스 키드와 같은 선배 극작가의 '스페인 비극' 을 능가하고 있음을 실증해 주고 있다.

이 습작기에 셰익스피어는 희극에 있어서도 솜씨를 발휘하기 시작했다. ≪착오 희극≫ (1592~1593)을 비롯하여 ≪말괄량이 길들이기≫(1593~1594), ≪베로나의 두 신사≫(1594~1595), ≪사랑의 헛수고≫(1594~1595) 등이 그것들이다. 이 초기 희극들은 현실 세계와 낭만 세계를 차례로 전개시켜 본 희극들이다. 이 두 개의 세계는 교체성장(交替成長)하여 다음 시기의 ≪한여름 밤의 꿈≫(1595~1596)을 계기로 완전히 융합되어, 제 2기의 로맨틱 코미디(浪漫喜劇)라는 새로운 희극이 탄생하게 된다.

이 무렵 또한 그는 장편의 이야기 시 ≪비너스와 아도니스≫(1593년 출판)와 ≪루크리스의 능욕≫(1594년 출판)을 이미 친밀히 교제하게 된 유력한 귀족 청년 사우샘프턴 백작에게 바친 바 있다. 그의 ≪소네트 집(集)≫ 또한 이 무렵에 쓰여 진 듯하다. 그의 습작기는 동갑인 말로 Marlowe의 영향을 받았다. 그러나 그의 희극들의 탄생으로 그는 이미 말로의 영역을 초월하게 되었다. 만인(萬人)의 마음을 가진 셰익스피어는 고귀한 정신의 상승과 몰락의 묘사에 그치

지 않았으며, 컴컴한 고독이나 비극만을 추구하지도 않았다. 그는 인생의 즐거운 면에도 주목했다. 초기의 희극들은 벌써 인생의 밝은 면, 즐거운 면에 눈길을 돌린 증거이다.

셰익스피어의 습작기가 끝날 무렵에 그의 선배 작가이자 경쟁 작가들인 '대학재파(大學才派)'의 극작가들은 그린(1592년)이나 키드(1594년) 같이 빈곤 속에 비참하게 세상을 떠나거나 또는 말로(1593년) 같이 정치 음모로 암살되는 등, 그 밖의 대학재파들도 모두 비참하게 연극계를 떠나게 되었다. 오늘 날 문학사에 남은 대학재파들은 7~8명밖에 안되지만, 당시 실제 활동한 대학재파들은 20명 전후가 되지 않았나 싶다. 그들은 모두 셰익스피어에게 호의를 갖지 않은 경쟁 작가들이다. 그것은 셰익스피어가 굉장히 많은 수나 양을 나타내는 것의 이미지로 20(Twenty)을 사용하고 있는데, 이 20이란 숫자의 이미지는 그의 전 작품을 통해 150회나 사용되고 있다. 이와 같은 이미지는 그의 20명의 경쟁 작가가 무한히 많은 숫자로 여겨진 데서 온 것인지도 모른다.

발전기

셰익스피어는 제 2기에 접어들면서 그의 집념이었던 비극을 시도하였다. 그의 최대 관심인 사랑을 주제로 한 ≪로미오와 줄리엣≫(1594~1595)이 그것이다. 그러나 이 극은 아직 그의 역량을 가지고는 성격 창조에까지 미치지는 못하고 그 아름다운 서정성에도 불구하고 한낱 운명 비극으로 그친다. 그의 이 시기는 사극의 체계가 매듭지어지고, 로맨틱 코미디가 완성된 시기이기도 하다.

이와 같은 보람찬 작품 제작과 더불어 그의 주변 또한 활발한 양상을 보여 준다. 기록에 의하면, 당시 런던에서는 매년 되풀이되다시피 여름철에는 전염병이 창궐했다고 한다. 당시 런던은 인구 20만 내외의 도시였는데, 그런 전염병이 한 번 휩쓰는 날이면 인구의 십 분의 일이 죽어 없어질 정도로 전염병은 위세를 떨쳤다고 한다. 전염병이 창궐하면, 그렇잖아도 우범지대로 여겨지던 극장이었으니까, 극장은 폐쇄되고 극단은 지방 순회공연에 나섰다. 우리는 ≪햄릿≫에서 그런 지방 순회 극단의 경우를 볼 수 있다. 셰익스피어가 소속한 극단은 비교적 큰 극단이었기 때문에 전속 극작가인 셰익스피어는 지방 순회에 동행하지 않고 전염병을 피하여 고향에 돌아가 있었으리라고 생각된다.

셰익스피어가 발전기인 제 2기에 사극의 체계를 매듭짓고 낭만 희극을 완성했음은 앞에서 밝힌 바와 같다. ≪리처드 2세≫(1595~1596), ≪헨리 4세≫ 제 1, 2부(1597~1598), ≪헨리 5세≫(1598~1599), 이 네 편의 사극은 셰익스피어의 이른바 제 2군(群)의 사극으로 제 1군의 사극과 마찬가지로 질서와 무질서의 대결이 전개된다. 제 1군의 사극에서 벌어지는 장미 전쟁의 치욕적인 역사의 원인으로 파악되고 있다.

군왕의 자질이 결여된 리처드 2세는 권모 술수가이자 기회주의자인 그의 사촌 헨리 볼링블루크에 의해 왕위를 찬탈 당한다. 헨리 볼링브루크는 왕위를 찬탈하여 헨리 4세가 된다. 헨리 4세는 왕위를 불법적으로 탈권한 죄의식에 일생을 두고 정신적으로 시달림을 받으며 내란은 끊이지 않는다. 그의 아들 헨리 5세는 내란을 수습하고 프랑스로 출정하여 애진코트의 대승리로 국위를 선양한다. 그러나 그는 요절하고 만다. 그의 아들 헨리 6세가 기저귀를 찬 갓난아이로 등극한다. 헨리 6세 시대에 장미 전쟁이 벌어져서 국가는 아비규환의 수라장으로 변하고 삼십여 년간 국민은 지옥의 고통에 시달린다.

이와 같은 혼란과 혼돈은 제 2군의 사극에서 헨리 4세가 리처드 2세의 정당한 왕권을 불법적으로 찬탈한 데에 기인한 것이라는 인과응보의 인식인 것이다. 제 1군의 사극과 제 2군의 사극을 통하여, 셰익스피어는 무질서의 이면에 영원한 질서와 평화의 존재를 깊이 인식하고 있는 것이다. 우리는 셰익스피어를 르

네상스적 낭만 정신의 기수로 알고 있다. 그러나 한편 그는 그의 사극에서 보여 주고 있다시피 중세기의 전통적인 질서 개념을 그의 정신의 밑바닥에 가지고 있었다. 이것 역시 그의 이중 영상, 이원성이라고 하겠다. 이 시기의 ≪존 왕≫(1596)은 8편의 사극과 커다란 질서 체계와는 무관한 고립된 사극이다.

이 시기에 꿈의 세계와 현실을 비로소 완전히 융합시킨 낭만 희극들이 쏟아져 나오게 되는데, 그 첫 낭만 희극 ≪한 여름 밤의 꿈≫은 어떤 귀족의 결혼 축하연을 위해 제작된 것이 분명하다. 셰익스피어의 극이 그의 소속 극단에 의해 일리저베드 여왕이나 제임즈 1세 어전에서 상연되었다는 기록들이 더러 있다. 셰익스피어의 극에는 여왕을 찬양한 구절들이 여기저기 나타나 있고, ≪맥베드≫와 같은 극은 제임즈 1세를 위해 쓰여진 것으로 보이고 있다.

다음의 낭만 희극 ≪베니스의 상인≫(1596~1597)은 그의 극중에서 가장 유명한 극의 하나로, 그 이유는 아마 여기에 등장하는 유대인 고리대금업자 샤일록의 성격 창조 때문일 것이다. 동기야 어떻든 결과적으로 샤일록은 비극적인 인물이 되고 말았다. 낭만 희극을 불구(不具)로 하고 만 셈이다. 그러니 이 극은 비록 유명하긴 하지만 좌절된 낭만 희극이라고 할 수 있다. 재판 장면에서 포셔의 자비론(慈悲論) 또한 유명한 대사이긴 하지만, 이것 역시 그리스도교의 위선의 냄새를 풍기고 있다.

≪헛소동≫(1598~1599)은 낭만극 치고는 당치도 않게 음모, 간계를 주제로 한 극이다. 그 음모는 비극 ≪오델로≫와 같은 성질의 것이다. 그러나 이 극이 비극으로 결말지어지지 않고 행복한 끝을 맺게 되는 것은 아직 작가에 있어 내면적인 폭풍이 휘몰아쳐 오지 않고, 이성과 상식의 정신이 작가의 마음을 지배하고 있는 탓이라 하겠다. ≪뜻대로 하세요≫(1599~1600)는 목가적인 전원극이다. 그러한 그 목가의 이면에는 골육상잔(骨肉相殘)이 도사리고 있다. ≪십이야≫(1599~1600)는 정묘한 낭만 희극이면서도 거기에는 청교도와 당국에 대한 사정없는 풍자가 담겨져 있다. 이렇듯 이상의 모든 낭만 희극들이 즐겁고

명랑한 외관의 밑바닥에 모두가 비극적인 문제점을 안고 있다.

이와 같이 셰익스피어는 즐거움 속에서도 슬픔을 잊지 않았으며, 감미로운 사랑을 맹세할 때도 시간의 잔인한 낫이 그 사랑을 내리치는 소리를 귓전에 아니 들을 수 없었던 것이다. 그의 이중 영상은 점점 심오해져 간다. 특히 현상과 실재 사이의 파행(跛行)의 인식은 더욱 심각해져 간다. 그의 통찰과 인식이 깊어지고 표현 기술이 능숙해지자, 그는 본격적으로 비극의 문제와 씨름을 시작했다. 비극기에 접어들 무렵에 낭만 희극과는 다소 이질적인 ≪윈저의 명랑한 아낙네들≫(1600~1601)이 나왔다. ≪헨리 4세≫ 극에서 활약한 바 있는 근대적 인물 폴스태프의 희극성에 감명을 받은 일리저베드 여왕이 폴스태프가 사랑을 하는 희극을 보여 달라는 요청을 하자, 그 요청에 의해 이 극이 집필되었다고 전해진다. 그러나 이 극에서의 폴스태프는 이미 전날의 생기를 잃고 있다.

위대성의 개화

셰익스피어의 비극기(悲劇期)는 ≪줄리어스 시저≫(1599)를 가지고 막이 열린다. 고매한 이상을 가진 브루터스는 로마의 독재화를 막기 위해 시저를 쓰러뜨린다. 그러나 냉혹한 정치 세계에서 이상주의는 현실에 패배할 수밖에 없다. 셰익스피어가 비극을 쓰게 된 내적인 동기는 앞에서 언급했지만, 그 동기를 외적으로 추구하는 학자들이 있다.

그것은 에섹스 백작의 실각 사건(1601)이다. 당시 에섹스 백작은 일리저베드 여왕의 궁정에서 정신(廷臣)의 정화(精華)이자 권력의 상징이었다. 그는 또한 여왕의 사촌뻘로 한때는 여왕의 가장 두터운 총애를 받았고, 여왕의 배필 후보자로까지 지목되던 인물이다. 또한 셰익스피어의 후원자 사우샘프턴 백작과

는 친밀한 사이였다. 에섹스 백작은 아일랜드 반란군 진압 사령관으로서의 임무를 다하지 못한 책임에다, 여왕의 시녀와 벌인 연애 사건으로 여왕의 노여움을 사게 되었다. 에섹스 백작은 평소 자신을 리처드 2세를 타도한 헨리 볼링브루크에 비교하고 있었다. 그는 쿠데타를 결심하고, 거사 전날 밤 셰익스피어의 극단으로 하여금 ≪리처드 2세≫를 〈글로브 극장〉에서 상연케 하였다. 그리고 그 이튿날 그는 부하 일당을 거느리고 런던 시내로 몰려 들어가며 시민들의 호응을 기대했다. 그러나 시민들은 아무런 반응이 없었고 그의 거사는 실패로 돌아갔다. 그로 인해 그는 사형을 선고받았다. 여기에는 그의 강력한 정적(政敵) 로버트 세실의 작용도 있었다. 에섹스 백작은 이제 형장의 이슬로 사라지고, 그의 친한 친구이자 셰익스피어의 후원자인 사우샘프턴 백작도 실각하게 된다.

거사 전날 밤 ≪리처드 2세≫를 〈글로브 극장〉에서 상연한 일로 해서 셰익스피어의 극단도 당국으로부터 문책을 받게 되었으나, 별 탈은 없었다. 천하를 주름잡던 세도가가 갑자기 실각하고 만 것이 셰익스피어에게는 과연 어떻게 비쳤을까? 더구나 실각의 주인공은 그의 친지였으니 말이다. 에섹스 백작의 모반 사건은 1601년 셰익스피어가 서른일곱 살 때의 일이었다. 당시 크고 작은 쿠데다 사건은 끊임없이 일어났다. 유대인 의사 로페츠의 여왕 암살 음모 사건은 ≪베니스의 상인≫ 샤일록에 암시되어 있고, 의사당 폭파 사건은 ≪맥베드≫의 문지기의 대사에서 언급되고 있다. 이와 같이 셰익스피어의 작품에는 당시 시사적인 사건이며, 관습적인 일 등이 여러 곳에서 언급되고 있다.

오늘 날 역사적 비평은 그런 문제들을 샅샅이 해명하고 있다. 일리저베드 여왕은 국민과 일치할 수 있는 위대한 영도자였으며 이 시대에 영국이 비약적인 발전을 한 것은 사실이지만, 당시 종교 문제, 대외 문제, 여왕 후계자 문제 등 전진을 위한 진통이 필연적인 현상으로 크고 작은 반역 사건이 잇달아 일어났다. 따라서 확고한 안정이 요청되었으므로 여왕은 정권을 유지하기 위해 에섹스 백작의 경우와 마찬가지로 무자비한 숙청을 하지 않을 수 없었다. 당시 역적의 죄목 아래 교수대의 제물이 된 고관대작들은 부지기수였다. 맥베드가 덩컨 왕을 암살하고 나오는 장면에서 피가 낭자한 자기 손을 보고 '이 망나니의 손' 이라고 한 구절이 있다. 당시 사형 집행관은 교수대에서 죄수를 처형하고 나면 곧 시체의 배를 단도로 갈라 내장을 사방에 뿌리는 관습이 있었다. 어떤 사형집행관은 그 솜씨가 어떻게나 익숙했던지 사형 직후 시체에서 염통을 도려냈을 때 그 염통이 그대로 고동치고 있었다고 한다. 사형 집행관들의 솜씨가 이 경지에 도달할 만큼 역적의 처형이 잦았던 것이다. 그리고 역적의 머리는 런던 탑 위에 내걸려졌다. 셰익스피어는 이들의 죽음에 심적인 타격을 입은 바 있다. 그래서 이들의 죽음과 엑섹스 백작의 실각 등을 그의 비극기의 외적 동기로 보는 학자들이 있다.

그의 비극기에는 세 편의 희극 ≪트로일러스와 크레시더≫, ≪끝이 좋은면 다 좋다≫, ≪이척 보척≫ 등이 있다. 이 희극들은 초기 희극, 제 2기의 낭만 희극들과는 전혀 다른 어두운 희극들이다. 학자들은 근래에 이 희극을 '문제극' 이라고 이름을 붙였다. ≪트로일러스와 크레시더≫(1601~1602)는 배신과 혼란이 주제가 된다. 문제는 미해결의 장(章)으로 남을 뿐 아니라 뒷맛이 씁쓸하고 개운치 않은, 이름만의 희극이다. 또한 이 극은 당시 영국의 신구(新舊) 두 사상이 소용돌이치던 세태의 일면을 보여 준다. ≪끝이 좋은면 다 좋다≫(1602~1603)는 그 제목이 말하는 바와 같이 끝만이 해피엔딩으로 끝나는 역시 씁쓸한 희극이다. 사랑을 위해 간계의 수단이 이용되는 희극이다. ≪이척 보척≫(1604~1605)은 부패와 위선의 악취가 코를 찌르는 희극이다. 이 세 편의 희극들은 모두 비극의 비전에서 쓰인 것이며, 작가가 다만 끝맺음만을 희극으로 맺은 것이다.

셰익스피어의 대비극에는 왕후 귀족 등 위대한 인물들이 등장한다. 그리고 그 비극은 주인공들의 성격 결함에 의한 내적 갈등이 보다 큰 비중을 차지한

다. 이들 성격 비극은 ≪로미오와 줄리엣≫이나 '그리스 비극' 등의 운명 비극과는 차원이 다른 것이다. 게다가 그 주제는 제왕의 이미지를 요란스럽게 울려댄다. 거기에는 국가 사회 질서의 파괴와 그 회복이라는 거대한 전제가 있기 마련이다. 실체와 외관은 깊이 통찰되고 이중 영상은 심오하리만큼 입체적, 동적이다.

≪햄릿≫(1600~1601)은 너무나도 유명한 극이다. 이 극의 주인공은 앞서 논한 엑섹스 백작과도 일맥상통하는 점을 가지고 있다. 이 극에서도 인간 본질의 이원성이 여실히 파헤쳐지고 있다. 이성과 감정, 망상과 행동, 천사와 악마, 판단력과 피의 복수 등 작가의 이중 영상이 다각도로 표현된 작품이다. ≪오델로≫(1604)는 대비극들 중에서도 그 배경 설정이 특이한 극이다. 주인공들의 운명과 국가 사회의 운명과는 무관하다. 가정 비극으로 신의와 질투와 음모를 주제로 한 비극이다. ≪리어 왕≫(1605)은 망은, 배신, 분노 등을 주제로 한 엄청나게 거대한 비극이다. ≪맥베드≫(1606)는 시역자(弑逆者), 악인이 겪는 심적 고통을 그린 악몽의 비극이다. 같은 악인이라도 리처드 3세는 맥베드와 같은 심적 고통은 겪지 않고 악을 실컷 발휘한 후, 그저 절망 속에 죽을 뿐이다. 맥베드 또한 절망 속에 죽는다. 다른 비극의 주인공들이 영혼의 구원을 받고 죽는데 반해 맥베드는 절망 속에 죽는다. 이보다 비참한 비극은 없을 것이다.

≪엔토니와 클레오파트라≫(1606~1607)와 ≪코리올레이너스≫(1607)는 ≪줄리어스 시저≫와 더불어 로마사에 의거한 사극들이다. ≪엔토니와 클레오파트라≫는 거의 우주적인 규모의 초월적인 인간주의가 전개되는 대비극이다. ≪코리올레이너스≫는 취약한 또는 위선적인 애국심을 바탕으로 한 거인의 비극에다 군중의 가공할 힘을 엿보여 주고 있다. ≪아테네의 타이먼≫(1607~1608)은 '리어 왕' 과 쌍둥이로 그 사산아로 보여질 만큼 주인공의 인간 혐오와 반응의 주제는 자못 시니컬하다.

1607년 6월 5일 셰익스피어는 고향에 돌아왔다. 장녀 스잔나는 유능한 의사

존 홀과 결혼했다. 1608년 2월 7일에는 외손녀 일리저베드의 탄생을 보았다. 이 무렵 영국의 극장은 종래의 노천극장보다 옥내 소극장으로 그 취향이 변해 갔다. 셰익스피어 극단은 이미 오래전부터 블랙프라이어즈 옥내 소극장에서 겨울철이나, 야간이나, 우천에도 귀족 등 소수의 상류 계급 관객들을 상대로 공연을 하고 있었다.

만년

셰익스피어가 만년에 정착한 곳은 로맨스였다. 낭만극은 이 무렵의 조류이기도 했다. 그의 낭만극은 모두 다 음모, 배신에 의한 혈육의 이산(離散)으로부터 재회와 상봉, 그리고 관용과 화해를 주제로 한 것이었다. ≪페리클리즈≫(1608~1609), ≪심벨린≫(1609~1610), ≪겨울 이야기≫(1610~1611) 등은 모두 혈육의 상봉과 관용의 극들이다. 마지막 로맨스 ≪태풍≫(1611~1612)의 주인공이 마의 지팡이를 바닷속에 버리고 귀향하는 모습은 극작의 영필을 버리고 귀향하

는 작가 자신을 연상케 한다. 비극으로부터 낭만극으로의 변천을 두고 셰익스피어 자신이 신교로 귀의했다고 논하는 상징주의적 해석도 있다. 이제 비극 시대와 같은 고뇌와 부조리는 가셔지고 신에게 귀의한 종교적 신앙의 은총이 유난히 돋보이게 된다. 마지막의 또 한편의 고립된 사극 ≪헨리 8세≫(1612~1613)는 합작설이 유력하다.

셰익스피어는 젊어서부터 건실하고 실리적인 경제관념을 가지고 있었다. 그의 생활 태도에는 절도가 있었으며, 성품은 온화하고 언행이 일치했으며, 은퇴할 무렵에는 고향에서 생활이 윤택했으며, 은퇴한 후에도 가끔 런던을 방문한 듯하다. 그의 은퇴 후, 벤 존슨이 영국 최초의 계관시인이 된 것을 축하하며 몇몇 친구들과 스트래트퍼드에서 만나서 주연을 가진 후 셰익스피어는 발병하여 52세에 사망하였다. 그의 기일은 1616년 4월 23일이다. 유해는 고향의 홀리 트리니티 교회 가장 안쪽에 가족들의 유해와 함께 잠들어 있다.

셰익스피어는 실존 인물인가?

셰익스피어의 전기 기록은 당시 문인의 사회적 지위로 비추어 볼 때 놀라울 만큼 풍부한 셈이다. 정통파 학설은 스트래트퍼드 출신의 극작가 셰익스피어를 믿어 의심치 않지만, 일부 저널리즘 계통으로부터 심심찮게 그의 생애에 관해 이설이 제시되고 있다. 독자들의 오해를 풀기 위해 이설의 정체를 간단히 소개해 두겠다.

그 하나는 1759년 어떤 광대극의 다음과 같은 대사에서 비롯된다. '셰익스피어의 저자는 벤 존슨이다.', '아니다, 그것은 피니스(Finis)이다. 그의 전집 맨 끝에 그렇게 적혀 있지 않더냐?', 이와 같은 웃지 못할 대사가 있지만, 이로부터 약 백 년 후 셰익스피어의 저자는 프랜시스 베이컨(Francis Bacon)이라는 이설이 심각하게 대두되기 시작했다. 그런데 이 이설들의 바닥에는 다음과 같은 의혹이 깔려 있었다. 셰익스피어와 같은 엄청나게 위대한 시와 철학을 과연 어떤 사람이 모조리 지닐 수 있겠는가? 이것이 가능하다고 하더라도 그 사람은 박식하고, 세도 있고, 견문이 넓으며, 외국어에도 능숙한 사람이어야 하지 않겠는가? 그렇다면 스트래트퍼드 출신의 촌뜨기 배우가 과연 그렇다는 증거가 어디 있는가?

정통파의 견해로는 당시의 문인치고 셰익스피어는 전기가 많은 편이라고는 하지만, 그의 공적, 사적, 외적, 내적인 사실과 기록은 그토록 위대한 작가의 기록치고는 아주 적은 편이다. 그래서 그를 우상같이 숭배하는 사람들은 역설 같지만 그 우상의 진흙으로 만들어진 다리를 찾기 시작했다. 범인(凡人)은 그와 같이 위대한 작품을 쓰지 못할 것이다. 따라서 셰익스피어는 범인일 수 없으며, 그 작가는 그와 같은 요건을 충족시키는 특수 인물일 것이라는 설이다. 이것은 마치 추리 소설과도 같은 이야기다. 여기에 또 한 가지 중요한 충족 여건이 있다. 그것은 그가 어떤 이유가 있어 자기 이름을 정면으로는 밝힐 수 없었을 것이라는 설이다.

프랜시스 베이컨이 같은 시대인으로서는 그와 같은 요건을 모두 갖추고 있다. 그리하여 베이컨을 셰익스피어 극의 작가라고 하는 주장이 특히 미국에서 한때 상당히 유력했다. 게다가 베이컨은 또 암호법에 조예가 깊었다. 작품 안에 저자가 베이컨임을 알아볼 수 있게 하는 암호들이 산재해 있다는 것이다. 예를 들어 ≪사랑의 헛수고≫(제 5막 제 1장)에 나오는 'honorificabilitudinitatibus' 라는 조어의 뜻은 '프랜시스 베이컨의 정신적 소산인 이 극들은 후세에 영속하리라' 를 뜻하는 라틴어의 암호라고 풀이하라는 이설이 있다. 그 근거는 그의 극의 출원이 여러 가지로 확실한 것으로 미루어 각색 또한 여러 사람의 공동 집필로 이루어진 것이며, 프랜시스 베이컨과 월터 롤리의 공동 집필, 또는 옥스퍼드 백작을 중심으로 한 베이컨, 말로, 롤리, 더비 백작, 러틀런드 백작, 팸브루크 후작 부인 등의 집단 집필로서, 이때 연극 기교에 관한 전문 지식이 요청되었을 것이므로, 셰익스피어는 그 편찬 또는 교정 같은 일을 했을 것이다.

셰익스피어의 결혼에 관계되는 기록으로서, 1582년 11월 27일자 우스터 주교 교구 기록에 'Wm Shakspere and Anna Whateley' 라는 기록과 그 다음 날짜에 'Willm Shakspere to Anne Hathaway' 라는 기록이 있는데, 정통파에서는 'Whateley' 는 'Hathaway' 의 오기일 것이라고 보고 있지만, 1939

년과 1950년에 각각 다른 스코틀랜드 학자가 주장하기를, 미스 휫틀리(Miss Whateley)는 셰익스피어의 애인으로 앤 해서웨이에게 패배하여 수녀가 되어 셰익스피어와는 정신적으로 결합하여 그와 같은 극을 함께 제작했을 거라는 것이다.

다음으로 말로 설이 있는데, 셰익스피어와 태어난 해가 같으나, 요절한 말로의 셰익스피어에 대한 영향은 정통파에서도 인정하고 있는 바이지만, 근래에 미국의 신문 기자 캘빈 호프맨은 ≪셰익스피어라는 사람의 살해 문제≫라는 저서에서 말로는 그의 후원자 토머스 월징엄(T. Walsingham)경의 사주자들의 손에 살해된 것이 아니라, 그가 무신론자로서 처형되는 것을 미리 막기 위해 월징엄 경이 피살을 가장하여 그를 유럽 대륙으로 도피시킨 것이다. 그래서 그는 후일 비밀리에 귀국하여 월징엄 경의 집에 은신하여 셰익스피어라는 이름으로 극작을 발표한 것이라고 주장했다. 호프맨은 또한 월징엄 경의 무덤을 발굴하는 허가를 얻어 발굴에 착수했으나, 거기에 있으리라고 예상했던 셰익스피어의 원고는 발견되지 않았고 미처 무덤 현실까지는 파보지 못한 채 발굴을 중단당한 일이 있었다. 그래서 요사이 스트래트퍼드에 있는 셰익스피어의 무덤을 발굴해 보자는 말도 있다.

다음은 옥스퍼드 백작 설이다. 옥스퍼드 백작 에드워드드 비어의 가문(家紋)의 하나로 사자가 창(spear)을 휘두르고 있는(shake) 것이 있다. 그의 별명이 '창을 휘두르는 사람(speare shaker)' 이었으며, 그는 사우샘프턴 백작과 더불어 셰익스피어의 후원자로 알려진 사람인데, 사우샘프턴 백작이 그와 일리저베드 여왕 사이의 소생이라는 풍문이 나돌 정도였던 만큼, 그와 궁정과의 어떤 부득이한 사정 때문에 그는 자기의 작품에 셰익스피어라는 가명을 사용했거나, 스프래트퍼드 출신의 배우 셰익스피어의 이름을 빌려 쓴 것이라는 이설이 있다.

또는 셰익스피어라는 스트래트퍼드 출신의 대금업자가 궁색한 극작가들에

게 금전을 융통해 준 대가로 작품의 작가를 자기 이름으로 하게 했을 것이라는 이설도 있다. 또 하나의 이설은 그의 ≪소네트 집≫에 나오는 'Mr. W. H.' 가 누구냐?, '흑발의 미녀(dark lady)' 나 '미청년(fair youth)' 은 과연 누구냐? 하는 것이다.

그의 소네트가 원래 개성적인 요소를 강하게 풍기고 있기 때문에 이 점들에 관해서는 정통파 학자들 사이에도 논쟁이 분분하지만, 말로 설의 주장자들은 '미청년' 을 당시의 동성애와 관련시켜 말로의 동성애를 증거로 셰익스피어 소네트의 저자를 말로라 단정하고, Mr. W. H.를 앞서의 월징엄의 약기(略記)라고 주장한다.

같은 자료와 같은 사실을 가지고 이러한 설들은 이렇게 기묘한 결론에 도달하고 있지만, 오늘 날 정통파 학자들은 스트래트퍼드의 셰익스피어의 실존성에 대해 추호도 의심하지 않는다.

셰익스피어의 연표

1556년

존 셰익스피어, 스트래프퍼드 온 에이븐의 헨리 가(街)와 그린힐 가(街)에 주택을 구입.

1557년

존, 윌코트의 메리 아든과 결혼.

1558년

일리저베드 여왕 즉위.

존의 장녀 쥬오운 출생(9월 10일 세례).

존, 시의 치안관에 선임.

1559년

존, 스트래트퍼드 시의 벌금부과역에 취임.

1561년

존, 시의 재무관에 취임.

1562년

존의 차녀 마거레트 출생(12월 2일 세례).

1563년

마거레트 사망(4월 30일 매장).

1564년

존의 장남 윌리엄 셰익스피어 출생(4월 23일?).

윌리엄, 호울리 트리니티 교회에서 세례(4월 26일).

존, 역병으로 인한 빈민의 구제를 위해 다액의 기부를 함.

1565년(1세)

존, 시의 참사의원으로 피선.

1566년(2세)

존의 차남 길버트 출생(10월 13일 세례).

1568년(4세)

존, 시장에 취임.

1569년(5세)

존의 3녀 쥬오운 출생(4월 15일 세례. 사망한 장녀와 이름이 같음).

1571년(7세)

존, 시 참사원의 의장 격인 치안관에 취임.

존, 리처드 퀴니 상대로 50파운드의 채권 독촉의 소송을 제기함.

존의 4녀 앤 출생(9월 28일 세례).

1572년(8세)

귀족의 보호 없는 배우는 불량배로 취급되는 조령(條令)이 포고됨.

1573년(9세)

존, 헨리 히그퍼드에 의해 30파운드의 채무 이행의 소송을 받음.

1574년(10세)

존의 3남 리처드 출생(3월 11일 세례).

역병으로 인해 런던에서 연극 상연 금지.

1575년(11세)

존, 주택 구입에 40파운드 투자.

1576년(12세)

런던에 최초의 공개 상설극장의 건립 착수. 이것은 '극장' (The Theatre)이라 불리어졌음.

1577년(13세)

존, 이 무렵부터 공식 석상에 나타나지 않음.

1578년(14세)

존, 가옥을 담보로 40파운드의 빚을 냄(11월 14일).

1579년(15세)

존, 아내의 재산을 일부 처분함.

4녀 앤의 사망(4월 4일 매장).

1580년(16세)

존, 아내의 재산을 저당함.

존의 4남 에드먼드 출생(5월 3일 세례).

1582년(18세)

윌리엄 셰익스피어와 앤 휫틀리(Anne Whateley)와의 결혼 허가서 발행(11월 27일).

윌리엄 셰익스피어와 앤 해더웨이(Anne Hathaway)와의 결혼 보증인 연서(11월 28일. 이날 결혼함).

1583년(19세)

윌리엄의 장녀 수자나 출생(5월 28일 세례).

1584년(20세)

작자 미상의 ≪왕후귀감≫을 웨스툰이 편찬하여 출판.

1585년(21세)

윌리엄의 쌍동아 햄네트(장남)와 주디드(차녀) 출생(2월 2일 세례).

1586년(22세)

필리프 시드니 전사(戰死).

1587년(23세)

존, 시 참사의원에서 제명당함. 윌리엄, 이 무렵에 상경(?).

스코틀랜드의 메리 여왕, 엘리자베스 여왕에 의해 처형됨(2월 8일).

1588년(24세)

스페인의 무적함대, 영국 해군에게 격파당함(7월 28일).

1590년(26세)

≪헨리 6세≫ 제 2부와 제 3부 집필(?).

1591년(27세)

≪헨리 6세≫ 제 1부 집필(?)

1592년(28세)

≪헨리 6세≫ 제 1부, 〈스트레인지 소속 극단〉에 의해 상연(?)(3월 3일).

로버트 그린, '삼문제사' 에서 셰익스피어를 비난.

이 해 후반에 역병으로 런던의 극장 폐쇄.

존, 교회 불참자의 명단에 기록됨.

≪리처드 3세≫ 집필(1592~1593년).

≪착오 희극≫ 집필(1592~1593년).

≪비너스와 아도니스≫ 집필(1592~1593년).

1593년(29세)

≪비너스와 아도니스≫ 출판 등록(4월 18일). 같은 해에 4절판으로 출판(양 4절판).

≪타이터스 앤드로니커스≫ 집필(1593~1594년).

≪말괄량이 길들이기≫ 집필(1593~1594년).

≪루크리스의 능욕≫ 집필(1593~1594년).

극작가 크리스토퍼 말로 살해당함(5월 30일).

1594년(30세)

윌리엄, 〈궁내대신 소속 극단〉(Lord Chamberlain' s Men)에 단원으로 참가.

≪타이터스 앤드로니커스≫ 출판 등록(2월 6일), 동년에 4절판으로 출판(양 4절판).

≪헨리 6세≫ 제 2부 출판 등록(3월 12일), 동년에 악 4절판 출판.

≪루크리스의 능욕≫ 출판 등록(5월 9일), 동년 4절판으로 출판(양 4절판).

≪착오 희극≫ 그레이 법학원에서 상연(12월 28일).

≪베로나의 두 신사≫ 집필(1594~1595년).

≪사랑의 헛수고≫ 집필(1594~1595년).

≪로미오와 줄리엣≫ 집필(1594~1595년).

1595년(31세)

윌리엄, 〈궁내대신 소속 극단〉 단원으로서 최고의 기록(3월 15일).

≪리처드 2세≫ 집필(1595~1596년).

≪리처드 2세≫ 상연(12월 9일).

≪한여름 밤의 꿈≫ 집필(1595~1596년).

1596년(32세)

장남 햄네드 사망(8월 11일 매장).

부친 존, 문장(紋章)의 사용을 허가 받음(10월 20일)

≪존 왕≫ 집필(1593~1596년).

≪베니스의 상인≫ 집필(1596~1597년).

1597년(33세)

윌리엄, 이 무렵 런던의 세인트 헬렌의 비숍게이트에서 거주함.

윌리엄, 스트래트퍼드에서 가장 아름답고 둘째로 큰 저택 뉴 플레이스(New Place)를 윌리엄 언더힐로부터 40파운드에 구입함(5월 4일).

≪리처드 2세≫ 출판 등록(8월 29일), 동년 출판(양 4절판).

≪리처드 3세≫ 출판 등록(10월 20일자), 동년 출판(양과 악의 중간의 4절판).

≪로미오와 줄리엣≫ 악 4절판 출판.

≪헨리 4세≫ 제 1부와 제 2부 집필(1597~1598년).

≪사랑의 헛수고≫, 크리스마스에 궁정에서 상연.

1598년(34세)

≪헨리 4세≫ 제 1부 출판 등록(2월 25일), 동년 출판.

≪소네트 집≫ 거의 완성(?).

수상인 윌리엄 세실 사망.

≪베니스의 상인≫ 출판 저지 등록(7월 22일).

윌리엄, 벤 존슨의 〈각인 각색〉에 출연(9월).

≪사랑의 헛수고≫ 양 4절판 출판.

≪헛소동≫ 집필(1598~1599년).

≪헨리 5세≫ 집필(1598~1599년).

프랜시스 미어스의 수기 ≪지식의 보고≫ 출판, 이 책에는 셰익스피어에 관한 여러 가지 언급이 있다.

1599년(35세)

시인 에드먼드 스펜서 사망.

풍자문학 금지(6월 1일).

에섹스 백작, 아일랜드 원정 실패.

〈궁내대신 소속 극단〉의 본거인 〈지구극장〉 개장.

≪줄리어스 시저≫ 집필, 동년 〈지구극장〉에서 상연(9월 21일).

≪로미오와 줄리엣≫ 양 4절판 출판.

≪뜻대로 하세요≫ 집필(1599~1600년).

≪십이야≫ 집필(1599~1600년).

1600년(36세)

동인도회사 설립.

≪뜻대로 하세요≫ 출판 보류 등록(8월 4일).

≪헛 소동≫ 출판 보류 등록(8월 4일), 출판 등록(8월 23일), 동년 출판(양 4절판).

≪헨리 4세≫ 제 2부 출판 등록(8월 23일), 동년 출판(양 4절판).

≪헨리 5세≫ 출판 보류 등록(8월 23일), 동년 악 4절판 출판.

≪한여름 밤의 꿈≫ 출판 등록(10월 8일).

≪윈저의 명랑한 아낙네들≫ 집필(1600~1601년).

1601년(37세)

부친 존 사망(9월 매장).

〈궁내대신 소속 극단〉 에섹스 백작 일당의 요청에 의해 왕위 찬탈극 ≪리처드 2세≫를 〈지구극장〉에서 상연(2월 7일).

에섹스 백작, 런던에서 쿠데타를 거사하여(2월 8일), 사형에 처해짐(2월 24일).

≪십이야≫ 궁정에서 상연(1월 6일).

≪햄릿≫ 집필(1601~1602년).

≪트로일러스와 크레시다≫ 집필(1601~1602년).

1602년(38세)

이 무렵 크리폴게이트(런던)에서 하숙.

스트레트퍼드 교외에 107에이커의 토지를 320파운드에 매입(5월 1일).

≪윈저의 명랑한 아낙네들≫ 출판 등록(1월 18일), 동년 악 4절판 출판.

≪햄릿≫ 출판 등록(7월 26일).

≪끝이 좋으면 다 좋다≫ 집필(1602~1603년).

1603년(39세)

일리저베드 여왕 사망(3월 24일), 튜더 왕조 끝남.

제임즈 1세 즉위하여 스튜아트 왕조 출발.

〈궁내대신 소속 극단〉, 제임스 1세의 후원 아래 〈국왕 소속 극단〉으로 됨(5월 19일).

역병으로 해서 런던의 극장들은 1년이나 폐쇄.

≪트로일러스와 크레시다≫ 출판 등록(2월 7일).

≪햄릿≫ 악 4절판 출판.

1604년(40세)

≪오델로≫ 집필, 동년 11월 1일 궁정에서 상연.

≪이척보척≫ 집필(1604~1605년), 동년 12월 26일 궁정에서 상연.
≪햄릿≫ 양 4절판 출판.

1605년(41세)
〈국왕 소속극단〉 ≪헨리 5세≫를 궁정에서 상연(1월 7일).
〈국왕 소속극단〉 ≪베니스의 상인≫을 궁정에서 상연(2월 10일).
의사당 폭파 음모 사건 발각됨(12월 5일).
윌리엄, 스트래트퍼드와 그 인접 지역의 31년 간의 10분의 1세(稅)의 권리를 440파운드로 매입(7월 24일).
≪리어왕≫ 집필(1605~1606년).

1606년(42세)
의사당 폭파 음모 사건의 주모자 헨리 가네트의 처형(5월 3일).
무대에서 신을 모독하는 말을 쓰지 못하게 하는 조령(條令) 포고(5월 27일).
≪맥베드≫ 집필.
≪리어 왕≫ 궁정에서 상연(12월 26일).
≪앤토니와 클레오파트라≫ 집필(1606~1607년).

1607년(43세)
장녀 수자나, 의사 존 홀과 결혼(6월 5일).
≪리어 왕≫ 출판 등록(11월 26일).
≪코리올레이너스≫ 집필.
≪아테네의 타이먼≫ 집필.

1608년(44세)

시인 존 밀턴 출생.

수자나의 장녀 일리저베드 출생(2월 8일 세례).

모친 메리 사망(9월 9일 매장).

윌리엄, 존 애든브루크를 상대로 6파운드의 채권에 관해 소송을 제기하여 승소함(12월 17일~1609년 6월 7일).

〈국왕 소속극단〉이 실내 극장인 〈블랙프라이어즈〉를 매입, 윌리엄도 8분의 1의 주주가 됨(8월 9일).

≪앤토니와 클레오파트라≫ 출판 저지 등록(5월 20일).

≪리어 왕≫ 출판(양과 악의 중간의 4절판).

≪페리클리즈≫ 집필(1608~1609년), 동년 출판 등록(5월 20일).

1609년(45세)

≪트로일러스와 크레시더≫ 출판(양 4절판).

≪소네트 집≫ 출판 등록(5월 20일), 동년 출판.

≪페리클리즈≫ 출판(양 4절판).

≪심벨린≫ 집필(1609~1610년).

1610년(46세)

윌리엄, 이 무렵에 고향에 은퇴(?).

≪겨울 이야기≫ 집필(1610~1611년).

1611년(47세)

≪흠정 영역 성서≫ 출판.

점성가 사이먼 포맨, 〈지구극장〉에서 셰익스피어의 극을 관람한 기록이 있음.

≪맥베드≫ (4월 20일), ≪심벨린≫ (4월 하순), ≪겨울 이야기≫ (5월 15일) 등.
≪태풍≫ 집필(1611~1612년), 동년 궁정에서 상연(11월 1일).

1612년(48세)
윌리엄, 벨로트 마운트조이의 소송사건에 증인으로 출두(5월 11일, 6월 19일).
일리저베드 왕녀의 결혼 축하와 외국 사절들을 위해 〈국왕 소속 극단〉은 이 해 겨울부터 1613년에 걸쳐 20회 이상의 공연을 함.
≪헨리 8세≫ 집필(1612~1613년).

1613년(49세)
〈국왕 소속 극단〉, 〈지구극장〉에서 ≪헨리 8세≫를 상연(6월 29일).
이날 상연 때의 축포의 불꽃에 인화하여 〈지구극장〉 소실. 곧 재건립에 착수.

1614년(50세)
제2의 〈지구극장〉 6월(?)에 준공.
윌리엄, 상경(11월 17일).

1616년(52세)
윌리엄, 유언장을 기초(起草)(1월 ?).
차녀 주디드, 토머스 퀴니와 결혼(2월 10일).
윌리엄, 유언장을 다시 정리 작성하여 서명함(3월 25일).
윌리엄, 사망(4월 23일), 스트래트퍼드의 호울리 트리니티 교회에 매장(4월 25일).

1619년

토머스 파비어, 셰익스피어의 선집 출판(≪헨리 6세≫ 제 2·3부, ≪베니스의 상인≫, ≪헨리 5세≫, ≪한여름 밤의 꿈≫, ≪윈저의 명랑한 아낙네들≫, ≪리어 왕≫ , ≪페리클리즈≫ 등이 수록됨).

W· 자가드, 불법으로 셰익스피어의 전집을 2절판으로 출판 기도.

1621년

≪제일 2절판 전집≫ 인쇄 착수(4월 ?).

≪오델로≫ 출판 등록(10월 6일).

1622년

≪오델로≫ 출판(양 4절판).

1623년

윌리엄의 아내 앤 사망(8월 6일 매장).

셰익스피어 극의 전집 출판을 위해 ≪태풍≫을 비롯하여 16편 극의 출판 등록(11월 8일).

셰익스피어의 동료 배우 존 헤밍그와 헨리 콘델에 의해 편찬된 셰익스피어의 극 전집 ≪제일 2절판 전집(The First Folio) 출판(연말 ?). 이 전집에는 ≪페리클리즈≫와 시는 포함되어 있지 않음.

memo

memo

memo